文春文庫

侠《おとこ》 飯《めし》 8

やみつき人情屋台篇

福澤徹三

文藝春秋

もくじ

デザイン　征矢　武
イラスト　3rdeye

侠飯 ⑧

やみつき人情屋台篇

プロローグ――悩める底辺ユーチューバーと二軒の屋台

きょうの夕食は、おかずがウインナーだけのウインナー弁当だった。

ずっと倹約しているだけに二百円ちょっとの価格はありがたいが、毎日コンビニ弁当やカップ麵ばかり食べているから、栄養が偏りそうで気になる。

葉《は》室《むろ》浩《こう》司《じ》はテーブルの前であぐらをかいてウインナー弁当を食べていた。ウインナーと飯を口に運んでは、テーブルに置いたスマホでニュースを見ていたら「二十四歳はもう若くない」という見出しが目にとまった。その記事には、二十三歳から二十四歳にかけては社会人として成長する時期だと書いてある。

自分も二十四歳だから、もう若くないといわれるのはつらい。それなりに歳を重ねたぶん知識や経験は増えたが、社会人として成長した気もしない。それどころか将来への希望は失われつつある。

浩司はスマホを見るのをやめて、弁当の残りをぱくついた。いま思えば大学生のころは呑気だった。当時よく遊んでいた同級生の加藤《かとう》と久保《くぼ》と拓海《たくみ》は、ウインナーはどれが旨いかでよく言い争っていた。

「いつもいうけど、シャウエッセンしか勝たん。毎日食ってる」

「おれ仕送りすくねーから、業務用スーパーの激安ウインナーばっか。毎日シャウエッセン食える奴は勝ち組」

「いやいやいや、プロはアルトバイエルン一択」

「なんのプロだよ。つーか、香薫もなかなか」

「燻製屋を忘れんなよ」

「どれが旨いっつーより、料理のやりかたっしょ。おまえらどうせレンチンだろ。おれはしっかりボイルする」

「あ、それ素人。ゆでてから焼くのがベスト」

「ウインナーなにつける。ケチャップ？　マヨ？　マスタード？」

「オーロラソースにウスターソースをちょっと垂らす。異論は認めん」

大学を卒業してから三人とは疎遠になったが、みんな正社員として働いている。浩司だけが正社員の立場を失って、先の見えない生活を送るはめになった。

換気のために開けた窓から、涼しい夜風が吹いてくる。もう十月上旬で、今年もあと三か月足らずで終わってしまう。来年もこんな調子なら、ユーチューバーを続けるのは無理かもしれない。

都内の珍しいスポットや珍しいものを紹介する「探検！　ハムローちゃんねる」を開設して半年が経つが、チャンネル登録者数は六十一人、再生回数はたいてい五、六十回と伸び悩んでいる。

いちばん再生回数が多かったのは「文京区公認！　おばけ階段でひとり怪談！」と題した動画だった。上りと下りで階段の数が変わるというおばけ階段で、夜中にひとりで怖い話をつぶやいた。再生回数が百回を超えて喜んだのも束の間、生まれてはじめて金縛りに遭ったので心霊ネタはやめた。

ユーチューブの収益化の条件はチャンネル登録者数が千人以上で直近十二か月の総再生時間が四千時間以上、それを満たしていないので収入はゼロだ。いま個人で運営しているユーチューバーの収入は一再生あたり〇・一円以下で、チャンネル登録者が千人いても月収は五千円といわれている。

ネットの記事によればチャンネル登録者が一万人以下は、底辺ユーチューバーと定義されるらしい。それだけにユーチューバー一本で生計をたてるのはむずかしいけれど、副業くらいの収入はほしくてがんばってきた。

ユーチューバーのなかには動画に自分の顔を映さず、音声も自分の声ではなく音声読みあげソフト、あるいはキャプションを使う投稿者もいる。そのほうがプライバシーを守れる反面、視聴者の印象に残りにくいから「探検！　ハムローちゃんねる」は「顔出し」で撮影している。

にもかかわらず、まったく人気がでないのは、容姿が月並みなせいかもしれない。ありきたりな動画であっても、投稿者がイケメンだとチャンネル登録者数と再生回数が多い。もっと男前に産んでくれなかった両親がうらめしい。

ひと月ほど前、長野に住んでいる両親と電話で話したとき、いまなにをしているのかと訊かれて、うっかりユーチューバーだと答えたら、

「そんなので稼いでるのは、ほんのひと握りだろ。早く安定した仕事に就け」

区役所勤めの父は、口を開けば安定しろという。三つ年上の兄はそのいいつけを忠実に守って公務員になった。安定はしてないけど、と浩司はいって、

「男子中高生のなりたい職業ナンバーワンは、ユーチューバーだよ」

「おまえは中高生か。楽して稼ごうとするな」

専業主婦の母も安定志向で、将来の心配ばかりする。

「ちゃんとした会社に入らなきゃ、あとで苦労するよ。老後はどうするの」

「老後の心配するのは、かあさんのほうだろ」

両親はなおもくどくど文句をいったが、楽して稼ごうとは思っていないし、ちゃんとした会社に裏切られたから、べつの道を模索しているのだ。

新卒で就職したのは全国でホテルチェーンを運営する大手企業だった。大学は二流の下あたりの偏差値で就活に悩む同級生が多かっただけに、内定をもらったときは飛びあがるほどうれしかった。ところが研修先として配属されたホテルがコロナ禍で休業になり、入社から半年で希望退職の対象となった。

「退職勧奨じゃないからね。あくまで希望退職。このまま会社にいてもらってもいいけど、いまの状況じゃ営業再開はいつになるかわからないし、来月から給料は六割減になる。こんなことというのは、ぼくもつらいんだが――」

人事部の担当者は溜息まじりにいった。

会社に残っても倒産したら意味がない。希望退職に応じた場合、ひと月ぶんの給料を全額支給するといわれて、浩司を含め同期の新入社員は全員が辞めた。

コロナ禍はそれからも続き、次の就職が決まるどころかバイト探しにも苦労した。ひとと話すのは好きだから接客業がよかったが、カフェや居酒屋は自粛営業の影響でほとんど求人がない。仕事探しで出歩いてコロナに罹《かか》りたくないから、部屋にこもってゲームをしたりユーチューブを観たり、無為な毎日をすごした。

いま住んでいるのは、JR高円寺駅から徒歩十五分ほどのアパートだ。部屋は四畳半のワンルーム、バストイレとちっぽけなベランダ付きで家賃は五万円。築十三年だから古さはあまり感じないが、壁が薄くて生活音が響くのが困る。

隣の部屋にはセイウチみたいな体つきの大男が住んでいる。度の強い銀縁メガネをかけてぼさぼさの前髪をおろし、脂ぎった下ぶくれの顔だ。よほどの不精者らしく、銀縁メガネのレンズはいつもすりガラスのように曇っている。

部屋のドアには表札がわりの紙が貼られ、下手くそな字で精内実と書いてあった。セイナイでなければ、まさしくセイウチだ。いつも赤いチェックのシャツを着たセイウチは二十代後半に見えるが、無職なのか毎日部屋にいて、こちらがすこし物音をたてると壁をどんどん叩いたり、甲高い声で怒鳴《どな》ったりする。

「あーもうー、うるさいうるさいうるさい」

こっちの物音には敏感なくせに、セイウチは夜中に大声でJポップを歌う。AKB48の「恋するフォーチュンクッキー」が定番で、しかも裏声で歌うから耳が腐りそうだ。

セイウチは巨漢のうえに頭がどうかしていそうなので、身の危険を感じる。といって引っ越そうにも金はなく、家賃を払うのが精いっぱいだ。

東京でのひとり暮らしに疲れをおぼえたが、いまつきあっている彼女——七瀬《ななせ》彩芽《あやめ》と離れて実家に帰るのは厭《いや》だった。そもそも両親は近所の目があるから帰省するなという。

両親には大学時代から仕送りで負担をかけてきただけに、生活費や家賃をせびるのも気がひける。しかたなく建設現場や警備員やビル清掃や引っ越しのバイトで食いつないだ。どれも肉体労働できつかったけれど、先週で辞めた派遣のバイトはキングオブ底辺だった。

求人広告には倉庫内軽作業と書いてあったのに、ずっしり重い段ボール箱を延々と運ぶ「荷下ろし」だの、無数の段ボール箱をひとつひとつ開けて商品をチェックする「検品」だの、広大な工場を走りまわって商品を集める「ピッキング」だの、息つくひまもない重労働をやらされた。

職場の同僚は二十代から三十代がおもだが、四十代もいる。みな覇気のないうつろな表情で、むっつり押し黙っている。かと思うと妙にテンションが高い奴がいて、しきりに話しかけてくるのがわずらわしい。そういう奴は口を開けば、ギャンブルか風俗の話ばかりする。不健康な生活のせいか同僚の「歯がない率」は異常に高く、どう見てもその日暮らしの印象なのに、

「ここだけの話、おれの本業は上場企業の役員なんだ」とか「おれは昔、暴走族《ゾク》の総長だったから、子分が千人いる」とか「いま歌舞伎町でホストやってて、グラビアモデル三人とつきあってる」とか、ありえない見栄を張る奴もいる。

派遣を管理する社員たちは横柄で、仕事のことでなにか質問すると、

「いちいち訊くな。見ておぼえろよ」

わずらわしそうにいうが、ミスをしたら烈火のごとく怒る。

社員たちは、これといったミスがなくても派遣を怒鳴りまくっている。派遣は派遣で甘い顔をすればすぐサボるし、社員の目を盗んでトイレにこもる奴もいる。社食は社員しか使えず、派遣は工場の床に座って持参したコンビニ弁当やパンを食う。あからさまな差別だ。

社会勉強になったとはいえ、長時間労働で低賃金のバイトはこりごりだった。

倹約して貯めた金があるから、年内はかろうじてユーチューバーに専念できる。が、貯金が底をついたらバイト生活に逆もどりだ。それを避けるには年内にユーチューバーで稼ぐめどをつけるしかない。

幸いコロナ禍は一段落して感染者が急減し、自粛ムードは薄れた。街ににぎわいがもどり、人数制限や中止や延期ばかりだったイベントも予定どおり開催されている。

あすの日曜から上野公園で「ダウンタウン・秋の美食フェス」がはじまる。

会期は次の日曜までの八日間、彼女の七瀬彩芽はそこでイベントスタッフのバイトをするから、動画のネタを探しにいこうと思う。

彩芽は大学の後輩で、ふたつ年下の二十二歳。オールラウンドサークル、略して「オーラン」と呼ばれるイベントや旅行などなんでもありのサークルで知りあった。コロナの影響でサークル活動はままならなかったが、彩芽とつきあえたのは収穫だった。

彩芽は明るく前向きな性格で、外見は黒髪にナチュラルメイクというまじめな印象だ。浩司はどちらかというと優柔不断な性格だけに、デートでは彩芽が行き先を決めることが多い。年下の彼女にリードされるのは不甲斐ないけれど、遠慮なく意見をいってくれたほうがうれしい。

ユーチューバーにはブログ、レビュー、ハウツー、バラエティ、ビジネス、アウトドア、ペット、ニュース、メイク・ファッション、ゲーム実況、音楽、旅行、料理など、さまざまなジャンルがある。「探検！　ハムローちゃんねる」は旅行とバラエティの中間あたりだが、はじめはなにをすべきか迷って彩芽に相談した。

「わたしはくわしくないけど、2Dや3Dのバーチャルアイドルが人気なんでしょ。ライブ配信とか、すごい再生回数だって」

「それはブイチューバーだろ。おれはそういうセンスないし、3Dのイケてるキャラ作るには、制作会社に外注して何十万もかかるみたい」

「そうなんだー」

「やっぱローリスクハイリターンがいいな。ゲーム実況なんて、ゲームしてるところを見せるだけで年収億超えるから、マジうらやましい」

「でも葉室くん、わたしよりゲーム下手じゃん」

「すっげえ下手だと、逆におもしろくね？」

「おもしろくないよ。そうだ、ペットはどう？　かわいい猫とか、めっちゃ人気あるじゃん。わたしがよく観てる猫動画は毎日十分くらい猫撮って、年収何千万もあるんだって」

「うちのアパートはペット禁止」

「じゃあ飼ってるのがばれにくいのは？　ウサギとかカメとか」

「童話かよ。ウサギやカメは地味っしょ」

「んー、じゃコツメカワウソ、フンボルトペンギン、ショウガラゴ」

「なにそのマニアックなチョイス。ショウガラゴってなに？」

「ちっちゃいお猿さん。五十万円くらいすると思うけど」

「そんな金あったら、ほかのことに使うよ。おれは顔出しするつもりだから、自分のキャラたてたい」

「だったら大食いとか激辛とか――いっそ両方やったらウケるかも」

「無理。牛丼は特盛が限界だし、ココイチは七辛でギブアップしたのに。食レポはやってみたいけど、金に余裕ないもんなあ」

「激安の店めぐりは？」

「もうそういうユーチューバーいるよ。それに取材交渉がめんどそう」

「ダメ出しばっかじゃん。葉室くんはなにやりたいの」

「なにっていうか。みんなに認めてもらえるような――彩ちゃんもいっしょにやってくれたら、おれもテンションあがるんだけど」

わたしはそういうのむいてない。彩芽は即座にいって、

「まあ、とにかくがんばって。応援してるから」

彩芽は「探検！　ハムローちゃんねる」を宣伝してくれたり、企画のアイデアを考えてくれたりした。けれども半年経っても底辺ユーチューバーから抜けだせないせいか、最近はつれない。

彩芽は大学の単位を取得ずみで、来年四月から内定している大手商社に勤めるとあって、無職に近い自分と差がつきそうなのが不安だ。おととい会ったとき、彼女は不安に追い討ちをかけるようなことをいった。

「わたしが会社で働きだしたら、あんまり会えなくなるかも」

「忙しいから？」

「それもあるけど、最近とうさんがうるさいの。彼氏はなんの仕事をしてるんだって。ユーチューバーなんていったら、マジギレするから適当にごまかした」

「ユーチューバーでも稼いでりゃいいだろ」

「稼いでないじゃん」

「そんなに責めるなよ。おれだって、がんばってんだから」

彩芽は高級住宅地で知られる目黒区青葉台の実家暮らしで、父親は名の知れた製薬会社の役員だから家庭環境でも差がついている。もしかして彼女は別れたがっているのか。そう思ったら焦りが湧いて、じっとしていられなくなる。

ユーチューブのネタを必死で考えたが、なにも思いつかず、せめてトーク力をあげたくて練習をはじめた。人気のユーチューバーはひとり語りが上手だから、噛んだり詰まったりせず、なめらかにしゃべりたい。

「はい、どうもー、みなさん、こんにちはこんばんはー。『探検！ ハムローちゃんねる』のハムローです。きょうもご視聴ありがとうございます。えー、今回は都内の珍スポット巡りということで、小平市にある『ふれあい下水道館』にやってまいりました。ご覧のように、こちらの入口には『ドアを開けっぱなしにしないでください。下水の臭いが充満します』という恐るべき貼り紙が――」

三脚にセットしたスマホにむかって小声でしゃべっていると、どんどんどん、と壁を叩く音とともにセイウチの怒声が響いた。

「あーもうー、うるさいうるさいうるさい」

セイウチがいるせいで彩芽を部屋に呼びづらい。過去に彩芽が部屋にきたとき、セイウチは不思議と壁を叩かず「恋するフォーチュンクッキー」も歌わなかった。

が、聞き耳をたてているようなのが厭だ。

浩司はトークの練習をあきらめて、深い溜息をついた。


翌日は早朝から起きて取材の準備をした。

予算がないから撮影はすべてスマホでおこなう。周辺機器は自撮り棒、スマホ用の広角レンズ、手ぶれを補正するスタビライザー、外付けのマイク。自宅での作業用にノートパソコンと動画編集ソフト、顔の映りをよくするリングライトといったところだ。

きょうはさわやかな秋晴れで、絶好の撮影日和だ。

「ダウンタウン・秋の美食フェス」の会場でたくさん食べたいから朝食は抜きにした。JR上野駅で電車をおりて上野公園に着くと、竹の台広場――通称噴水広場へむかった。

「ダウンタウン・秋の美食フェス」の開催時間は午前十時から午後七時まで。いまはまだ九時半だが、入場口の前には長蛇の列ができている。入場は無料で、飲食の代金は食券か電子マネーで支払う。

浩司はさっそくスマホで撮影をはじめた。

「えー、今回は上野公園できょうから開催される『ダウンタウン・秋の美食フェス』会場にきています。まだオープン前ですが、ご覧のようにかなりの人出で——」

ひとり笑顔でしゃべっていると、行列にならぶひとびとが好奇の目をむけてくる。あからさまに蔑《さげす》んだ表情でこっちを見る奴もいるが、そのくらいはもう慣れっこだ。

十時になって、入場口のスタッフからリーフレットを受けとり会場に入った。広い会場にはイタリアン、フレンチ、中華、韓国料理、タイ料理、和食などさまざまなブースが軒《のき》を連ねている。雨天でも食事ができるよう大きなテントがいくつも張られ、その下に横長のテーブルと椅子がある。

会場の奥に野外ステージが設営され、ビッグバンドが軽快なジャズを演奏している。リーフレットを見ると、有名人のトークショーやお笑い芸人のコントといったイベントが連日おこなわれる。最終日は人気アイドル、桃原《ももはら》るいのコンサートがあるから大勢でにぎわうだろう。ステージの横にあるプレハブの建物は、関係者の楽屋らしい。

会場の雰囲気を撮影していたら彩芽がいた。制服の赤いトレーナーを着て首からIDカードをさげた彩芽は、こっちにむかって駆けてくる。

「おや、ハムローのお友だちのスタッフさんがいました。おすすめの料理はなにか訊いてみましょう」

撮影を続けながらそういったら、彩芽はなにもないところで派手に転んで尻餅をついた。おっと、どうしたんでしょうか。浩司は笑いを含んだ声でいい、彼女に近づいた。

「もー、こんなとこ撮らないで」

「ごめんごめん」

浩司はスマホをおろしたが、彩芽は照れ笑いをして立ちあがり、

「いま忙しいから、またあとで」

急ぎ足で去っていった。

そのあと食券売場で食券を買うと、一枚が八百円で払いもどしはできないと書いてある。ビールやワインなど酒も売っているが、一律八百円だ。

やけに高いなと思いつつ食券を三枚買い、ブースを見てまわったら料理の値段はさらに高くてスパゲティひと皿が食券二枚、千六百円もする。あまり持ちあわせがないだけに何軒も食べ歩きはできないから、話題性のあるものを撮ろう。

「肉の巨匠ムッシュイサキ」という妙な店名のブースで「肉汁ナイアガラ！　A5黒毛和牛を使ったとろける極上ハンバーグ！」を思いきって食券二枚で買い、テントの下のテーブルにいった。

期待をこめて黒いプラ容器を開けたら、愕然《がくぜん》とした。メニューには鉄板の上で湯気をあげる分厚いハンバーグの写真が載っていたのに、実物は黒焦げの肉団子みたいで肉汁はナイアガラどころか、水道の水漏れレベルだった。

これでは撮影する価値がなく、もう千六百円がむだになった。迷惑系ユーチューバーのようにクレームをつければ再生回数は伸びるかもしれないが、炎上するのは厭だからハンバーグの動画を撮るのはやめた。

気をとりなおして歩きだすと「海鮮マエストロ満作」というブースがあった。ここもうさんくさい店名だが「北海道直送！　鮭いくら丼」のSサイズが食券一枚だった。こんどは用心して客が買うのを見ていたら、見た目は悪くなさそうだ。

「えー、会場にはたくさんのブースがありますが、実りの秋といえば北海道ということで、まず鮭いくら丼を食べてみたいと思います」

浩司はスマホで自撮りをしたあと、鮭いくら丼を買ってテントにもどった。

プラ容器の蓋を開けるところから撮影して食べはじめると、鮭は鮮度が落ちているのかなまぐさく、イクラは大半が潰れてねちゃねちゃしている。

食べるのが苦痛でまもなくリタイヤしたが、料理を残すと視聴者からクレームがくる。こっそり中身を捨ててから空の容器を映して、

「あー、完食しましたあ」

とコメントを入れた。テレビ番組で「このあとスタッフが美味しくいただきました」とテロップを流すのとおなじだ。

それにしても「探検！　ハムローちゃんねる」は珍しいものを紹介するのが売りだから、こんな平凡な食レポではだめだ。視聴者の興味を惹きそうな料理を探して会場をうろついたが、おもしろそうな店のブースは混みあっていて順番を待つのにくたびれる。

といって料理の動画が一本しかないのは変だから、食券一枚の餃子やスイーツを食べるところを撮った。それからいったん会場をでて、公園施設の一部である上野動物園や東京国立博物館や下町風俗資料館や不忍池《しのばずのいけ》など、あちこちをまわって撮影を続け、会場にもどってきたのは五時半だった。

あたりは薄暗くなって、会場はきらびやかにライトアップされている。長歩きをしたせいでくたびれて腹も減ったが、もう食券は買いたくない。ベンチでしば

らく休憩してから彩芽に連絡すると、バイトは六時までだからもう帰れるという。

彩芽と合流して会場の出口へむかいながら、浩司は食券のことを愚痴《ぐち》った。

「一枚八百円って高いよ。ぼったくりだろ」

「たしかに高いけど、出店料も高いからじゃない」

「じゃ主催者が儲けてるってこと？　ハンバーグと鮭いくら丼食べたけど、マジ最悪だった。あんな店でも客がいるのが不思議だよ」

「みんなコロナで自粛してたから、こういうイベントに飢えてたんだと思う」

ふと酔っぱらったらしい若い男が地面で大の字になっているのを見かけて、思わず足を止めた。制服姿で体格のいい警備員が、大丈夫ですか、と声をかけている。しかし男は、うるせえ、と怒鳴って起きようとしない。

「おれも警備員やったことあるけど、マジ大変だった」

「そうなんだ」

「ぶっちゃけ警備のバイトは底辺。三十歳くらいのひとといっしょに働いてたけど、人生終わってる感がすごくて、ああはなりたくないと思った。おれもいま焦ってるけど——」

「三十だとやばいけど、葉室くんは二十四だから、まだまだチャンスあるよ」

警備員はくたびれた顔でこっちを見てから、酔っぱらいに視線をもどした。

浩司と彩芽はふたたび歩きだした。

会場をでてすぐの歩道沿いに屋台が二軒ならんでいた。一軒は赤いのれんに白抜きで「たい焼」の文字があり、色黒で小柄な老人がいる。たい焼の値段はやけに安くて一個百円だ。艶のいいハゲ頭にねじり鉢巻をした老人は、七分袖の白いシャツを着て軍手をはめている。

もう一軒は黄色いのれんに赤文字で「お好み焼　肉玉子入り　百円」とあり、鉄板の上にならんだ四角いお好み焼がじゅうじゅう焼けている。浩司はソースの香りにごくりと唾を飲んで、

「肉玉子入りで百円って、めちゃ安いね」

「うん。食べよっか」

と彩芽がいって、ふたりは客の列にならんだ。

お好み焼を焼いている男は切れ長の目をした端整な顔だちで、頬に刀で切られたような傷跡がある。黒いTシャツを着て、歳は四十代前半に見える。その隣に、やはり黒いTシャツの男がいた。三十代なかばくらいの男は細い口髭を生やし、焼きあがったお好み焼をパックに包んでいる。

ふたりとも目つきが鋭く強面《こわもて》だが、息のあった動きは撮影したら絵になりそうだ。浩司は順番がまわってくると、お好み焼ふたつください、といってから、

「あの、撮影してもいいですか」

「だめだめ」

口髭の男がしかめっ面で片手を振った。いわゆる取材拒否の店なのか。

「じゃあ顔は映しません。お好み焼を作ってるところは？」

「なんに使うんだい」

「おれ、ユーチューバーなんです。だから――」

頬に傷のある男が無表情でこっちをむくと、金属製のヘラを持った左手をあげた。とたんに体がこわばった。左手の小指の第一関節から先が欠けている。

「わ、わかりました。撮りません」

浩司は舌をもつれさせていった。

こんなヤクザみたいな男を撮るわけにはいかない。そもそもこの屋台に寄るんじゃなかったと悔やんでいたら、髭男はお好み焼を二枚パックに盛って、

「持ち帰りかい？　そうでなかったら、熱いうちにそこで食いな」

屋台の隣に六人ほどかけられる横長のテーブルと丸椅子がある。ふたりの男は

怖いけれど、青海苔と削り節をまぶしたお好み焼は旨そうな湯気をあげている。

せっかくだから、ここで食べようよ、と彩芽もいうのでテーブルについた。

パックといっしょに渡された割箸でひと口食べたら、濃厚なソースの旨みとともにキャベツと玉子の甘みが口のなかに広がった。外側はカリッとした食感で内側はふんわりやわらかい。具は豚バラ肉がたっぷりで、刻んだ紅ショウガ、青ネギ、コーン、天かすも入っている。屋台とは思えないほど本格的な味だ。

彩芽が目を丸くして、なにこれ、とつぶやいた。

「めちゃくちゃ美味しいんですけど」

「うん。具のボリュームもすごい」

パックの隅に辛子マヨネーズが添えてあり、それをつけたら旨さが増す。お好み焼を夢中で食べ終えてぼんやりしていると、髭男がそばにきてテーブルに紙コップをふたつ置き、ペットボトルのミネラルウォーターを注いだ。彩芽と浩司は礼をいって、よく冷えたミネラルウォーターを飲み、

「お好み焼、すごく美味しかったです」

「これが百円なんて信じられません」

「当然さ。兄貴が焼いてるからな」

髭男は屋台の外でタバコを吸っている傷男を顎で示した。兄貴というからには、やはりヤクザかもしれない。ところで、と髭男はいって、

「ユーチューバーってのは儲かるのかい」

「ぜんぜんです。再生回数は伸びないし、チャンネル登録もすくないんで」

「ふうん。彼女とふたりでやってるのか」

「いえ、わたしは、そこのイベントでバイトしてます」

彩芽はそういってから急に立ちあがり、クジョウくーん、と大声をあげて手を振った。歩道のむこうに長身で痩せた男がいて、こっちに近づいてきた。

「いっしょにバイトしてる九条勉《くじょうつとむ》くん」

と彩芽がいった。九条という男はさわやかな笑顔で頭をさげ、

「きょうはお疲れでした。こちらは彩芽ちゃんの彼氏？」

「うん」

「ユーチューバーだそうですね。よろしく」

どうも、と浩司は歯切れ悪くいった。

九条は自分と同い年だというが、まぶしく見えるほどのイケメンだけに劣等感をおぼえる。彩芽は九条に丸椅子を勧めて、

「ここのお好み焼、すっごく美味しいよ。食べてみたら？」

悪いけど、きょうはもう売り切れだ、と髭男が口をはさんだ。

「隣のたい焼を食ってみな。びっくりするほど旨いぜ」

「そうなんですか」

「日本で一、二を争う味よ。買ってきて、ここで食えばいい」

「わー、そうしよう。ぼくスイーツ大好き」

九条が甘ったるい声をあげた。

わたしも食べたい、と彩芽がいうから三人で隣の屋台へいった。三つください。浩司がそういうと、どんぐりまなこで眉毛が濃い老人は、

「あいよッ」

威勢のいい声で答えた。

たい焼は一種類だけで、白餡やカスタードなどバリエーションはなかった。ふつうのたい焼屋で見かけるような生地を流しこむ鉄板もなく、ねじり鉢巻の老人は、金網を張った台のむこうであわただしく手を動かしている。

なにをしているのか気になって、浩司は横から覗きこんだ。

老人が手にしているのは長い二本の柄がついた金属製の道具で、柄の先端にた

い焼の金型がある。老人は柄を動かしてプレス状の金型を開き、生地を入れて餡を載せ、その上からまた生地を入れると金型を閉じ、火のついたコンロに置いた。おなじ道具はたくさんあり、コンロの上にならんでいる。

やがて老人は焼きあがったたい焼をひとつずつ金網を張った台に載せ、そのあと紙袋に入れて、こっちによこした。

三人はそれぞれ百円を払ってお好み焼の屋台にもどり、さっきのテーブルでたい焼を食べた。きれいな焦げ目のついた皮は餡が透けるほど薄く、サクサクした歯ごたえだ。尻尾までぎっしり詰まった餡は粒餡で、小豆の素朴な風味とほどよい塩かげんがたまらない。

「うっま。こんなたい焼はじめて」

と九条がいった。彩芽はうなずいて、

「いままで食べたたい焼のなかで、いちばん美味しい」

九条はたい焼を食べ終えると、トートバッグからだしたティッシュで口をぬぐい、ご丁寧にリップを塗った。女みたいな奴だと思っていたら、

「どうだ、びっくりしたか」

と髭男が訊いた。はい、と浩司はいって、

「マジでびっくりするほど旨かったです」

「だろ。なんせ天然ものだからな」

「天然もの？　たい焼にそんなのあるんですか」

「でかい鉄板で何匹も一度に焼くのは養殖もの。一丁焼とか一本焼って呼ばれる金型で一匹ずつ焼くのが天然ものさ」

「あ、隣のおじいさんは、そうやって焼いてました」

「あのひとは酒巻庄之助《さかまきしようのすけ》っていって、知るひとぞ知るたい焼の名人だ。生まれはたしか明治の末ごろで――」

酒巻庄之助という老人がひょっこり顔をだして、おいおい、といった。

「明治の末の生まれなら百歳超えちまうだろ。あっしはまだ八十三だ」

「すみません。たい焼の起源とごっちゃになってました」

髭男はにやにやして頭をさげた。酒巻は滑舌がよくて背筋もぴんと伸び、八十三歳には見えない。頬に傷のある男がそばにきて、

「おやっさん、もう店じまいですか」

「ああ。そろそろ帰って一杯やるよ」

ところで、と酒巻はこっちをむいて、

「このお好み焼は食っただろ」

食べました。すごく美味しかったです。浩司と彩芽がいった。

「柳刃《やなぎば》さんと火野《ひの》さんはまだ若《わけ》ェけど、たいした腕だ。こういうひとが増えてくれりゃあ、屋台も昔みてえににぎわうんだけどな」

傷男は柳刃竜一《りゅういち》、髭男は火野丈治《じょうじ》というらしい。酒巻は続けて、

「おまえさんたちは、そこの美食なんたらにきたのかい」

「わたしと九条くんはスタッフで、葉室くんはユーチューブの撮影にきて――」

「そうかい。美食なんたらはどうだった？」

「食券一枚が八百円もするのに、クッソまずい店が二軒ありました。あんな店いかないで、最初からここで食べればよかったです」

浩司はそう答えてから、あの、といった。

「あした、たい焼を焼いてるところを撮影してもいいですか」

「かまわねえよ。好きに撮んな」

三人は屋台をでると上野駅まで歩いた。九条はさらさらした長髪をかきあげて、あしたもたい焼を食べるとはしゃいでいる。

「あのたい焼には、熱い緑茶があいそう」

「うん。ぜったいあうと思う。あとコーヒーも」

と彩芽が応じた。そうそう、と九条はいって、

「それも濃いやつね。あ、いま気づいたけど、彩芽ちゃんのリュックかわいー。もしかしてマリメッコ？」

「そう。これ黒なのに、よくわかるね」

「ぼくも好きだから。ほら、これもマリメッコ」

九条は肩にかけていたトートバッグから花柄のポーチをだした。

「かわいー、なに入ってるの」

「スキンケア用品」

「マジで？　九条くん女子力高すぎ」

「ぼくさあ、カフェめぐりが趣味なんだけど、こんど三人でいかない？」

「いこういこう。葉室くんもいくでしょ」

「――まあ、そのうちね」

ふたりでいってくれれば、といいたいのをかろうじて我慢した。

九条は女子ウケする話題が豊富で、彩芽との会話は盛りあがっている。おもし

ろくないことはまだあった。九条は偏差値七十超えの有名私大卒で、父親は大手広告代理店サイバーテイストの制作局長、自宅は南青山のタワーマンションだという。

「すっごーい。めちゃセレブじゃん」

「ううん。うちは三人兄弟なんだけど、いちばん上の兄ちゃんはとうさんとおなじ会社のディレクター、次の兄ちゃんは医大生。ぼくだけ落ちこぼれのフリーター」

落ちこぼれといいながらも、九条の表情には余裕がある。高学歴にもかかわらずフリーターになったのは、就活に失敗してサラリーマンに魅力を感じなくなったからだといった。

九条にしろ彩芽にしろ、平凡な公務員を父に持つ自分とはちがう。上野駅の構内でふたりと別れたあと、浩司は重い足どりでホームへむかった。

①激安なのに味は本格。うちで作れる鉄板メニュー

翌日は十時に起き、コンビニの惣菜パンの朝食をとったあと、ゆうべ編集した動画をノートパソコンで見なおした。タイトルは「秋の美食フェス初日ルポ！周辺の必見スポットも一挙紹介！」だ。肝心の料理はあまり撮れなかったし、ほかの映像も新鮮さに欠けるから出来はよくない。

冒頭で彩芽がずっこけるところは、ハプニング動画っぽくて笑える。けれども九条とぺちゃくちゃしゃべっていた姿を思いだすと、卑屈な気分になる。九条は高身長高学歴のイケメンのうえに父親がセレブときては、彩芽が惹かれても不思

議はない。ただでさえ彩芽にふられそうなのに、あんな恋愛ドラマの登場人物みたいな奴があらわれるとはタイミングが悪い。

「なんだかんだいって、人生は親ガチャだよな」

浩司は胸のなかでそうつぶやいた。

スマホゲームのガチャをまわして一発でレアアイテムをひき当てるように、恵まれた容姿に生まれて両親が金持なら、人生は勝ったも同然だ。なにもせずとも異性に好かれるし金の苦労もない。

あれはスヌーピーだったか、人生は配られたカードで勝負するしかないという台詞《せりふ》があった。かっこいい台詞だけれど、誰だって負けが確定したカードを配られたくはないだろう。そんなカードを配られた結果、人生に不満を感じるのは当然なのに、愚痴をこぼせば親のせいにするなとか努力が足りないとかいわれる。

まったくもって理不尽だが、いまの状況を変えるにはユーチューバーとして名をあげるしかない。ゆうべは彩芽のことでいらつきながら、明け方近くまで編集作業を続けた。長時間撮った映像でも使えるところはわずかで、視聴者が飽きないよう再生時間は十分以下にまとめる。

動画をテンポよくトリミングするのは基本として、ナレーションをつけたり、エフェクトと呼ばれる特殊効果をかけたり、著作権フリーのＢＧＭや効果音を入れたり、テロップを流したり、編集には手間がかかる。テロップに誤字脱字があって作業をやりなおすのはよくあるし、映ったらまずいもの、たとえば通行人の顔や車のナンバーなどをぼかすのも面倒だ。

動画のサムネイル――ユーチューブの検索画面にでてくる静止画は自動で生成されるが、視聴者がクリックしたくなるサムネイルを作るには編集が必要だから、それにも時間をとられる。

ユーチューバーをはじめる前は、動画を撮るくらい簡単だから一日に何本もアップできると思っていた。しかし実際にやってみると、そんなに甘くない。

素人が適当に撮った動画を垂れ流すのならともかく、番組としてのクオリティを追求すると、一本を編集するのに半日以上かかる。そういう意味では有名なユーチューバーの番組はどれもしっかり編集されていて、ただの視聴者だったころとは見る目が変わった。

浩司はユーチューブに美食フェスの動画をアップして、ツイッターで番組の更新を告知した。ツイッターは番組を宣伝するためにつぶやいているが、フォロワー数はチャンネル登録者数と大差なく、たいして効果は感じられない。

きょうは美食フェスの取材をしてから、酒巻庄之助の屋台でたい焼を撮る予定だ。また八百円の食券を買うのは惜《お》しいけれど、彩芽に会いたいし、九条といちゃついてないか気になる。

とはいえ寝不足のせいでまぶたが重く、ちょっと寝てからでかけるつもりで横になった。小一時間も寝た気がしないのに目を覚ますと、もう三時をまわっている。浩司はあわてて外出の準備をした。

美食フェスの会場は、きょうもにぎわっていた。

初日のきのうほど人出は多くないが、有名店のブースはあいかわらず行列ができていた。きのうひどい目に遭ったハンバーグのブースにも、まずさを知らない客がちらほらいる。浩司はそれを憐れむように眺めつつ、会場を歩いた。

なにを撮ろうか考えていると、インド料理のブースの前で足が止まった。きのうは客が多くて撮影をあきらめたが、きょうは空いている。ブースの横断幕に「全インド人が泣いた！　史上最恐の極辛カレー日本上陸！」と書いてある。ココイチの七辛が限界の自分に完食は無理だろう。しかしネタになる動画を撮らねば再生回数は増やせない。

実際には途中でギブアップしても、完食したように編集すればいいのではないか。そんなあくどい誘惑に駆られてブースに近づいたとき、ばたばたと足音がして三人の男が割りこんできた。金髪の男がブースの前に立ち、

「よし、ここで撮ろう」

といった。はい、とひとりの男が答えてポールについたマイクをかざし、もうひとりはカメラを構えて、オッケーです、といった。

「うぇーい、やってきました上野の美食フェス！　えー、全インド人が泣いたってマジすか、マジすか、マジっすか。さっそくここの史上最恐の極辛カレーを食べてみたいと思いますーッ」

金髪の男はおどけた表情でいって、踊るように飛び跳ねた。

どこかで見た顔だと思ったら、人気ユーチューバーの「へもにゃん」だった。テレビ番組のような撮影風景を呆然と見ていたら、

「あ、へもにゃんだッ」

背後で叫び声がして、若い女たちが五、六人駆け寄ってきた。浩司は女たちに押しのけられてブースから離れ、とぼとぼ歩きだした。

あんな奴とおなじものを撮っても勝ち目はない。へもにゃんはたしか二十一歳

なのに、スタッフがふたりもいて機材も本格的だ。売れっ子と底辺の格差を見せつけられて、すっかりテンションがさがった。

彩芽にきょうも会場にいるとラインを送ったが、忙しいのか既読スルーだ。ここでなにか食べるつもりで昼食は抜いてきたのに食欲が湧かず、野外ステージに足をむけた。

野外ステージでは、お笑い芸人が漫才をしている。聞いたこともないコンビ名で客はすくなく、笑い声もない。ふたりは二十代後半くらいだが、素人目に見てもしゃべりが下手で売れそうにない。

他人事ではないような思いで漫才を見ていると、

「イタいよな、あのふたり。ダダすべりじゃん」

隣で声がするから目をやると、頭にバンダナを巻き、腰にエプロンをつけたどこかの店員らしい男が立っていた。丸々と肥《ふと》った顔をよく見たら、大学の同級生の拓海翔平《しょうへい》だったから驚いた。

「おまえ、なにやってんだよ」

「おまえこそ、なにやってんだよ」

ふたりは笑顔になると、大声をあげて肩を叩きあった。拓海とは二年近く会っていないが、大学のころはしょっちゅう遊んだ。拓海はデブで食いしん坊なのに親の仕送りがすくなく、ウインナー論争では業務用スーパーの激安ウインナーをどう料理するかにこだわっていた。

「拓海、なんでそんな格好してんの。おまえってたしか就職は――」

浩司はそういいかけて口をつぐんだ。拓海の就職先はＩＴ系のベンチャー企業だったはずだ。拓海はばつの悪そうな顔になって、辞めた、といった。

「しょっちゅう終電帰りだし給料は安いし、やってらんねえよ」

「でも専門的なスキルが身につくんじゃねえか」

「だめだめ。おれはテレアポばっかやらされてたもん。社長がリモートワーク嫌いで、ビジネスはフェイスツーフェイスだなんていってるから、コロナのときも毎日出社。なのに社内のコミュニケーションはチャットかメールで、誰ともしゃべんない。上司から文句いわれるのもメール。むだにカタカナ語だらけで、あいさつもしない奴ばっか。だいたい三年いたら古株って業界だからな」

拓海は一気にまくしたててから、で、といった。

「おまえはなにやってんの。ホテル辞めたのは知ってるけど」

「いろいろバイトしてたよ。いまはユーチューブの動画撮って――」

「え、おまえユーチューバーなの」

「いちおうね。でも、まだ人気ないから収入ゼロ」

「おもろそうじゃん。なんてチャンネル？」

浩司ははぐらかしたが、拓海はしつこく訊いてくる。根負けしてチャンネル名を教えると、あとで観るよ、と拓海はいって、

「金になんなくても夢があっていいな。おれのいまやってるバイトなんか最低」

「なんのバイト？」

「そこだよ。海鮮マエストロ満作ってとこ」

拓海は背後にならぶブースのほうを指さした。浩司はのけぞって、

「きのう、そこいったぞ。鮭いくら丼食ったら超まずかった」

「うちなんかで食うからさ。まずくて有名だぞ」

「でも、おまえいなかったじゃん」

「いまとおなじで休憩時間だったんだろ」

拓海は腕時計を見ると、あ、そろそろもどんなきゃ、といって、

「まだこのへんにいるんだろ。あとで会おうぜ」

バイトが終わったころに連絡をとりあうことにして拓海と別れた。

てっきり会社でうまくやっているとおもっていただけに、退職したとは意外だった。拓海には申しわけないけれど、就職に失敗したのは自分だけではないとわかって、すこしだけ気が楽になった。

やがて漫才は終わり、コンビのお笑い芸人は拍手ももらえずステージをおりた。浩司はその場を離れて会場をぶらついた。

ドリンク販売のブースの前を通りかかると、彩芽と九条がふたりならんで接客していた。声をかけようかと思ったが、楽しそうなふたりの表情にまたテンションがさがり、知らん顔で通りすぎた。

どこも取材する気が起きぬまま夕方になった。休憩用のベンチにかけて、きょうユーチューブにアップした動画の再生回数をチェックすると、たったの六回で落胆した。しかし、ここでめげるわけにはいかない。たとえ一本でも注目される動画が撮れれば、過去の投稿も見てもらえるはずだ。きょうはたい焼の取材に絞ることにして会場をでた。

酒巻庄之助の屋台は、きのうよりも大勢の客がならんでいた。酒巻はねじり鉢巻のハゲ頭を振り振り、熱心にたい焼を焼いている。柳刃と火野のお好み焼も負けず劣らず忙しそうだ。美食フェス会場の出口という不利な立地だが、あれほど旨くて百円だから、口コミで人気がでたのかもしれない。

酒巻にまだ話は聞けそうもないから、ひとまず屋台の雰囲気を撮った。酒巻の手があくのを待つあいだ、柳刃がお好み焼を焼くところを観察した。

柳刃は大きなボウルに入った生地をオタマですくい、一人前ずつ鉄板に載せていく。生地には、みじん切りのキャベツがたくさん入っている。次に天かす、コーン、紅ショウガ、青ネギをステンレス製のバットからつかんで、生地の上に散らすと、片手に持った金属のヘラでまんなかをくぼませ、もう一方の手で玉子をそこに割り入れた。

続いて玉子の黄身をヘラの角で潰し、刻んだ豚バラ肉をその上に載せた。生地がつながったところにヘラで切れ目を入れると、手際よくひっくりかえして上から軽く押さえた。柳刃はすこし時間をおいてふたたび裏がえし、こんがり焼き色がついた生地に刷毛でソースをたっぷり塗った。じゅうッ、と音をたてて鉄板から湯気があがり、香ばしいソースの匂いがあたりに漂う。

最後に青海苔と削り節を散らすと、ヘラですくって一人前ずつパックに盛る。火野がそれをすばやく包んで客に渡す。柳刃の鮮やかな手つきはずっと見ていても飽きがこない。さっきまで食欲がなかったのに、またお好み焼が食べたくなる。それを我慢してたい焼の屋台にもどったら、うまい具合に客が途切れた。

酒巻にあらためて取材の許可をもらい、浩司はスマホを片手にインタビューをはじめた。たい焼を作りはじめて何年くらいか訊くと、

「そうさなあ、この道に入ったのが十歳のときだから、もう七十三年だ」

きのう八十三歳と聞いたときも若いと思ったが、よく見れば腕が太くてたくましい。酒巻が自分の屋台を持ったのは二十四歳だというから、

「すごいですね。おれとおなじ歳で屋台を持つなんて」

「昔はそれがふつうさ。貧乏人の子はみんな十歳くらいで丁稚《でっち》や小僧をやるから、はたちやそこらで一人前になる」

「たい焼って、いつごろできたんでしょう」

「発祥は明治の終わりごろらしい。今川焼をめでたい鯛の金型で焼いたら、飛ぶように売れたって話よ。うちは当時とおなじ、一匹ずつ焼く金型を使ってる」

酒巻は長い柄がついた金型を見せた。持たせてもらうとずっしり重く、一本が二キロくらいある。それを十本以上ならべて焼くのだから力仕事で、酒巻の腕が太い理由がわかった。

もっとインタビューしたかったが、客がきたので撮影を中断したら、拓海から電話があって、いまバイトが終わったという。どこにいるのかと訊くから場所を教えた。拓海はまもなくやってきて柳刃の屋台に目をむけると、

「ここのお好み焼、気になってたんだ。百円って安くね？」

「きのう食ったら、すっげえ旨かったぞ」

「マジか、食いてえな。作ってるひとはヤクザみたいで怖いけど」

「おれもそう思った。でも悪いひとたちじゃないっぽい」

拓海とお好み焼を食べようと思ったが、柳刃たちはもう売り切れたのか、あと片づけをしている。がっかりしていたら、よう、と火野が声をかけてきて、

「おやっさんの撮影はどうだい」

「うまくいってます。お好み焼はもう終わりですか」

「そうだけど、どうした。腹が減ったのか」

「ええまあ」

「きょうはダチといっしょか」

「はい。大学の同級生なんですけど、そこでばったり会って」

浩司はそういって会場の出口を振りかえった。

「美食フェスの店でバイトしてるんです」

と拓海がいった。なんていう店だい、と火野が訊いた。

拓海が店名を口にすると、鉄板の汚れをヘラでこそいでいた柳刃がじろりとこっちを見た。柳刃は火野を手招きして小声でなにかささやいた。火野はすぐにもどってきて、

「もうじき兄貴がまかない作るんだ。よかったら、ふたりで食っていけよ」

「いいんですか。あとで彼女がくるかも」

「きのうきた子だな。いいさ、ここに呼びな」

突然の誘いにとまどったが、彩芽と待ちあわせるには好都合だ。拓海と屋台の横のテーブルにいき、丸椅子にかけた。火野はどこへいくのか、急ぎ足ででかけていった。きのうの屋台にいると彩芽にラインを送ったら、

「あの子とまだつきあってんのかよ」

「うん」

「長いな。おれは、とっくに別れたぞ」

拓海は大学時代から、浩司が彩芽と交際していたのを知っている。拓海は同級生の子とつきあっていたが、就職すると会うひまがなく自然消滅したという。

「それ以来、女に縁がねえ」

「おれもふられそうで、マジやばい。彩芽は大手の会社に内定してるけど、おれは無職みたいなもんだから」

「最近の女は生活の安定にこだわるっていうからな。そういや、さっきおまえの動画観たぞ。チャンネル登録と高評価しといた」

「おお、サンキュー」

「ぜんぶは観てないけど、ちゃんと編集してんだな」

「編集くらいするさ、ユーチューバーだもの。で、内容はどうだった？」

「まあまあ。つーか地味。もっとバズることやれよ」

「そう思うけど、ネタがねえんだよ」

すこししてバイトを終えた彩芽がきたが、九条もいるのを見てうんざりした。きょうも撮影ですか。九条にさわやかな笑顔で訊かれて不機嫌にうなずいた。九条は先に帰ればいいのに、彩芽と丸椅子にかけた。

「わー、拓海さん、おひさしぶりです」

「うん。彩芽ちゃん元気してた？」

彩芽と拓海はにぎやかにしゃべっている。火野はいつのまにか屋台にもどっていて、エコバッグからだした肉や野菜やパックご飯を鉄板の横に置いた。

「柳刃さんがまかない作ってくれるって」

浩司は彩芽にそういってから、火野にむかって、

「こんなに大勢で大丈夫ですか」

「ノープロブレム」

火野はにやりと笑って親指を立てた。九条は遠慮するかと思いきや、帰ろうとしないのがむかつく。育ちがいいぶん鈍感なのか、彩芽に気があるのか。

あたりはもう暗くなって屋台には裸電球が灯《とも》り、発電機が低くうなっている。

柳刃はなにかの肉を包丁ですばやく刻み、点火した鉄板に載せた。油はひいていないが、まもなく肉がじゅうじゅう音をたてはじめた。柳刃は二本のヘラを使って肉を炒めると、鉄板に溜まった脂をヘラで器用にすくい、ステンレスの壺に入れた。次にアイロンみたいな取っ手がついた金属の重しを肉の上に載せた。

浩司は丸椅子から腰を浮かせて、

「いま焼いてるのはなんですか」

「鶏皮《とりかわ》だ」

柳刃はそう答えて、こんどは長ネギを五センチほどの長さに切っている。

「鶏皮？　鶏皮って、そんなふうに焼くんですか」

「これは今治《いまばり》風の焼きかただ」

「今治っていうと愛媛県ですね」

「ああ。今治では焼鳥を焼くのに鉄板を使う店が多い。こうして重しを載せて串に刺さずに焼く」

　柳刃は長ネギを重しの下に入れて鶏皮と混ぜて焼き、続いて大量のキャベツをざく切りにした。鶏皮の脂がぱちぱち爆ぜて旨そうな匂いが漂ってくるせいか、みんな会話をやめて鉄板に見入っている。

　しばらくして柳刃は重しをはずし、鶏皮と長ネギに塩とコショウを軽く振り、タレをからめて焼いてから大きな紙皿に盛った。すかさず火野がざく切りのキャベツを紙皿に添える。

「できたぞ。持っていけ」

　と柳刃がいった。

浩司と彩芽は立ちあがって紙皿と割箸をテーブルに運んだ。火野がどこからか人数分の缶ビールと冷やしたビアグラスを持ってきた。

「うっわ、旨そう」

拓海がさっそく紙皿に割箸を伸ばしたら、火野がそれを制して、

「待て待て待てィ。ものを食う前に、やることがあるだろうが」

火野は合掌して、いただきます、と頭をさげた。すいません。拓海が頭を掻《か》いた。火野は続けて、ビールはグラスに注いで呑めよ、といった。

「缶からじかに呑んだんじゃ、味が落ちるからな。注ぎかたはテーブルに置いたグラスに缶を高くかざし、はじめ勢いよく、それからゆっくりだ」

火野が注ぐのをまねすると、クリーミーな泡がビアグラスに盛りあがった。みんなは合掌し、いただきます、といってからビールを呑んだ。火野がいったとおり、缶からじかに呑むより何倍も旨い。

「かーッ、キンキンに冷えてやがる」

拓海がどこかで聞いたような台詞を口にした。

浩司は割箸を手にして、キツネ色に焼けた鶏皮を口に運んだ。鶏皮はカリカリした歯応えで、驚くほど旨みが濃い。焦げ目がついた長ネギはしんなりして、嚙むたびに鶏の脂がにじみでる。鶏皮と長ネギにかかったタレは甘辛いがくどさはなく、キャベツとの相性も抜群だ。

「美味しー」

九条が甲高い声をあげて身悶えした。

「鶏皮ってコラーゲンたっぷりで肌によさそう」

「わたしお酒弱いけど、鶏皮と長ネギがビールにあいすぎて困る」

と彩芽がいった。拓海は鶏皮とキャベツをばくばく食べながら、

「ガチのマジで旨い。ガチのマジで旨い」

とつぶやいた。浩司はうなずいて、

「うちじゃ作れない味だな。こういう鉄板がないと」

「いや、フライパンでも作れる」

と柳刃がいった。ほんとですか、と訊いたら柳刃は続けて、

「鶏皮はまず黄色い脂肪をこそぎとり、食べやすい大きさに切ったら、フライパンに入れる。鶏皮から脂がでるから、そのままヘラで押しつけながら焼く」

「重しを使いたい場合は？」

「ネット通販で買えばいい。肉押さえやベーコンプレスで検索すると、いろいろな種類がでてくる」

タレは醬油、みりん、酒をおなじ割合で混ぜたものに砂糖少々、一味唐辛子、すりおろしたニンニクを入れたという。柳刃はタレを使わず塩とコショウだけで

味つけし、柚子胡椒で食べても旨いといった。

続いて柳刃は鉄板をヘラできれいにすると、さっき火野が買ってきたパックご飯の蓋を次々に開け、鉄板で炒めはじめた。そこにお好み焼で使う青ネギを入れて塩コショウを振り、小瓶に入った茶色い液体をまわしがけした。とたんに、なんともいえない香りがした。どうやらチャーハンのようだが、パックご飯をレンチンせずに炒めるのは、はじめて見た。

柳刃は溶き玉子を飯に混ぜると手早く炒め、四つの紙皿に盛った。

「さあさあ、熱いうちに食えよ」

火野にうながされて四人は紙皿とスプーンをテーブルに運び、急いで食べはじめた。具は青ネギと玉子だけのチャーハンなのに、深い味わいとコクがある。熱々の飯粒はしっとりして旨みがあり、残った鶏皮といっしょに食べたら、またビールが進む。

「このチャーハン、はんぱねー。マジはんぱないって」

拓海がどこかで聞いたような台詞を口にした。彩芽と九条はものもいわずに夢中で食べている。浩司は専門店にも劣らない旨さの秘密が知りたくて、

「どうして、これほど美味しくなるんですか。具は青ネギと玉子だけですよね」

「鶏油《チーユ》で炒めたからだ」

柳刃は鉄板の脇にあったステンレスの壺を振った。さっき鶏皮からでた脂を入れた壺だ。柳刃によると、鶏油はラーメンや中華料理に使われるという。浩司はチャーハンにまわしがけした茶色い液体が気になって、あれはなにかと訊いた。

「ナンプラー、タイの魚醤だ。そのままでは臭みがあるが、炒めると臭みが抜けて旨みが濃くなる」

「はじめて知りました。パックご飯をいきなり炒めるのも」

「パックご飯に玉子を混ぜてから炒めると、パラパラのチャーハンになる。好みによるが、それだと玉子に火が通りすぎるし、飯粒がパサつきやすい」

「こだわりがすごい。柳刃さんは、いろんな料理が作れそうですね」

「あたりめえだろ。兄貴の腕はピカイチよ」

火野がそういうと拓海が溜息をついて、

「こんなまかないなら毎日食べたいけど、うちのなんて食えたもんじゃねえ。求人にまかない付きって書いてたから期待したけど、昼飯はあまった刺身の切れっぱしと漬物だけ。それが四百円もしてバイト代から天引きだぜ」

あの店って客にだす料理もまずいもんな、と浩司はいって、

「まずいってぃやあ、ハンバーグの店も超絶まずかった。メニューには肉汁ナイアガラなんて書いてあったのに——」

「それ、肉の巨匠ムッシュイサキだろ。海鮮マエストロ満作とおなじイサキフーズって会社が経営してる」

「だからゴミみたいなハンバーグだしてるんだ。だいたい巨匠とかマエストロとか、えっらそうな店名だよな」

「巨匠って自分でいうか？　って感じ。そもそも美食フェスの主催はイサキフーズだもん。ぼったくりイベントだよ」

イサキフーズは都内で居酒屋やレストランをチェーン展開している。若者やファミリーむけの店もあるが、値段が高いくせに味も接客も悪いという噂だ。

でもさあ、と浩司はいって、

「拓海はなんで、そんなブラックな会社でバイトしてんの」

「すぐ働けるバイトって、ほとんど底辺じゃん。おまえもやっただろ」

「たしかに底辺ばっか。おんなじ作業の繰りかえしだから、長くやっても得るものがねえんだよな」

「いまのバイトもそう。まずい料理の見習いしても、よそじゃ通用しねえもん」

そのとき、不意に動画のアイデアが浮かんだ。柳刃にレシピを教わって、自分で料理を作るところを撮影したらどうだろう。

柳刃は屋台の奥で椅子にかけ、タバコを吸っている。

「あの、よかったらレシピを教えてもらえませんか」

タイミングを計ってそう切りだしたら、火野が割って入って、

「かまわねえが、うちも商売だ。ロハじゃ無理だな」

「ロハ？」

「タダってことさ。カタカナのロとハを上下にくっつけて只って書くだろ」

火野は宙を指でなぞった。

「じゃあ教えてもらうには、お金がいるってことですか」

「金はいらねえが、どうせひまだろ。うちの屋台を手伝え」

「えッ」

「兄貴はここにいるけど、おれはちょくちょくでかける。そのあいだ店番をしろ」

「で、でも、ぼくはお好み焼なんて作れませんけど――」

「誰が作れっていった。おまえがやるのは雑用だ」

「バイトってことですか」

「バカ野郎。おまえがレシピ勉強するのに金を払えっていうのか」

「いえ、そんなことは――」

「まあ、きょうみたいに、まかないは食わせてやる。ねえ兄貴」

火野はそういって背後の柳刃を振りかえった。柳刃は軽くうなずいた。

「よし、あしたからやれ」

火野に強い口調でいわれて承諾するしかなかった。そのうえ連絡先を訊かれてスマホの番号を交換した。ちょっとした思いつきを口にしただけで、屋台を手伝うはめになるとは思わなかった。

「いーなー、ぼくも料理好きだから習いたい」

と九条がいった。おれも習いたい、と拓海がいって、

「でもバイトやんなきゃ金がねえから、おまえが習って、おれに教えろよ」

「まかないは余分に作るから、みんな食べにきていいぞ」

と火野がいった。九条と拓海は歓声をあげたが、彩芽は不安げな目をこっちにむけて、大丈夫？　と訊いた。浩司が口を開きかけたとき、高級そうなスーツを着た初老の男が屋台の前に立った。ヒグマみたいな体形で厚ぼったい顔をした男

は、ここの経営者は誰だ、と訊いた。

「おれだ」

と柳刃が答えた。男は腕組みをして、

「おまえは誰に許可をもらって店をだしてる?」

「ひとにものを訊《たず》ねるなら、まず自分が誰か名乗れ」

柳刃は煙を吐きだしながらいった。なんだとゥ、と男は眉間に皺を寄せて、

「おれのことを知らんのか。おれはイサキフーズ社長、伊佐木満作《いさきまんさく》だ」

伊佐木と名乗った男の後ろに、四十がらみの部下らしい男がいる。拓海が浩司を肘でつついて、噂をすれば影ってやつだな、とささやいた。

「さあ答えろ。誰に許可をもらって店をだしてる?」

伊佐木がそう繰りかえすと、

「酒巻庄之助さんだ」

柳刃は隣の屋台を手で示した。伊佐木は鼻を鳴らして、

「おなじテキヤ仲間か。おまえらみたいな暴力団は、うちの美食フェスの邪魔だ。今夜じゅうに屋台を撤去しろ」

柳刃は灰皿でタバコを消して立ちあがり、

「あんたにそんなことをいわれる筋合いはない。帰ってくれ」

「帰るのは、暴力団のほうだ」

伊佐木はそういって背後の部下を振りかえり、おい、警備員を呼べ、といった。部下はうなずいて駆けだしていった。

柳刃と伊佐木はにらみあって緊迫した空気が流れた。暴力団という言葉に反応したのか隣の屋台から客が離れていき、火野がいまにも嚙みつきそうな表情で伊佐木をにらみつけた。

酒巻が急ぎ足でやってきて、どうしたァ、と訊いた。

「暴力団はでていけといってるんだ」

と伊佐木がいった。酒巻は顔をしかめて、

「テキヤのなかにゃそういう連中もいるが、あっしらは暴力団じゃねえ」

「いいわけするな。テキヤはみんな反社会的勢力だ」

「うちは常設屋台として、何十年も前から都に占用許可をもらってある。食品衛生責任者証と営業許可証もちゃんとある。ひとさまに後ろ指をさされるようなこたあ、なにもしてねえ」

「おまえはそうでも、お好み焼のふたりは新顔じゃないか。うちのイベントの準備をしてるときは、ちがう奴がいたぞ」

「あれは、あっしの弟子だ。弟子が体調を崩したから、そのあいだ柳刃さんと火野さんにお願いしたんだ」

「そんなこと知るか。おれが都にかけあって占用許可を取り消してやる」

伊佐木の部下が警備員を連れてもどってきた。その顔に見おぼえがある。きのう酔っぱらいに手こずっていた警備員だ。伊佐木は二十代後半くらいの警備員にむかって、こいつらを追いだせッ、と怒鳴った。

「そうおっしゃられても、ぼくにそんな権限はありませんので――」

警備員は困惑した表情でいった。役立たずめ、と伊佐木は毒づいて、

「こんなチンケな屋台なんか、いつでも潰せる。おれに逆らったのを後悔させてやるからな」

伊佐木は足どり荒く去っていき、部下があとを追った。

浩司は横暴な態度にあきれて、あいつがイサキフーズの社長か、といった。

「ぼったくりイベントの主催者だけあって、感じ悪いなあ」

「だろ。いつもあんな調子で店長たちを叱ってる」

と拓海はいった。浩司は首をかしげて、

「おまえは大丈夫なのか。ここにいたのを社長に見られただろ」

「平気平気。おれみたいな下っぱの顔なんか、おぼえてねえさ」

警備員の男は屋台の前にぼんやり立っていた。お兄ちゃんも災難だったな、と酒巻は男にむかって笑いかけ、

「ちょっと待ってな」

自分の屋台にもどると紙に包んだたい焼を持ってきた。

「あの野郎のせいで客が帰っちまった。たい焼があまったから、ひとつどうだい」

ありがとうございます、と男は頭をさげて、

「でも勤務中ですから」

「いまなら誰も見てねえ。まだあったけえから早く食いな」

男は紙包みを受けとると、あたりを見まわしてからたい焼を急いで頰張った。美味しかったです、と男は笑顔で礼をいって会場にもどった。

「伊佐木って奴ァ、頭にきますね。このままでいいんですか、兄貴」

と火野がいった。ほうっておけ、と柳刃はいって、

「ただし、近いうちに落とし前はつけさせる」

柳刃たちと伊佐木はまた揉めそうだ。屋台を手伝ったら自分もとばっちりを食うかもしれない。浩司は怖くなって、あのう、と切りだした。火野が険しい顔で、

「なんだ」

「あ、あしたの件なんですけど――」

「出勤は朝九時。遅刻すんなよ」

「そ、そうじゃなくて、こ、ここを手伝うのは、やっぱり遠慮しときます」

「もう遅い。男がいったん決めたことは、ひっこめられねえぜ」

火野はにべもなくいった。

② 包むの簡単餃子と博多屋台の名物がビールを呼ぶ

通勤ラッシュの時間帯とあって、朝の電車は乗客でぎゅうぎゅう詰めだ。浩司は息苦しさに上をむいて吊革を握っていた。きょうから柳刃たちの屋台を手伝うと思ったら気が重く、朝食はとらずにアパートをでた。そもそも屋台をいつまで手伝えばいいのかさえわからない。

「柳刃さんと火野さんって、ほんとに暴力団じゃないの」

彩芽はゆうべ帰り道でそう訊いた。たぶん、と浩司はいって、

「酒巻さんもちがうっていってたし」

「それならいいけど、屋台の手伝いって大変そう」

「彩ちゃんといっしょに帰れるからいいよ。きょうもまかない食べにくるだろ」

「んー、わたしはやめとく」

「なんで？」

「もし柳刃さんたちがヤクザだとやばいもん。反社会的勢力と関係があったって会社に思われたら、内定取り消されちゃうよ」

「彩ちゃんは心配性だな」

「心配するのがふつうでしょ。葉室くんが呑気なだけよ」

反論しようにも、柳刃たちがヤクザではないと断言はできない。テキヤとはなんなのかよくわからないし、彩芽は気づいていないが、なにしろ柳刃は左手の小指が欠けている。いまはヤクザでなくても以前はそうだった可能性が高い。

いずれにせよ彩芽が屋台にこないのなら、タダ働きする意欲がなくなった。しかも彩芽はきっと九条といっしょに帰るだろう。九条との仲が進展したらと思うと気が気でない。

きのう酒巻を撮った動画はボリュームが足りないから、まだ編集していない。撮影しているときはいいと思ったけれど、老人がたい焼を焼くだけの映像では再生回数が伸びないだろう。場合によってはお蔵入りだ。

ＪＲ上野駅で電車をおりて公園口の改札をでると、上野公園までは歩いて五分くらいだ。屋台に着いたのは八時五十分だったが、柳刃と火野はもうてきぱき働いていた。おずおずと屋台に入ると、なかは意外に設備がそろっていて鉄板の横にガスコンロ、反対側に大きな冷蔵庫や電子レンジもある。

「おう、きたか。まず手を洗え」

火野がそういって蛇口のついたポリタンクを指さした。ポリタンクの下には水を受けるためのバケツがある。

浩司は蛇口から水をだし、石鹼で入念に手を洗った。次に豚バラ肉、青ネギ、紅ショウガ、コーン、天かすなどの具材が入ったバットを鉄板の前にならべるようにいわれた。豚バラ肉や青ネギはすでに刻んであり、みじん切りにしたキャベツを混ぜた生地が冷蔵庫に入っていた。

こうした屋台では食品衛生法上、野菜や肉を切るといった一次加工は認められていないので、営業許可のある施設で加工したものを持ってくるという。

「要するに、あとは焼くだけって状態にしなきゃなんねえ」

「でも、ゆうべ食べた鶏皮やチャーハンはここで準備しましたよね」

「あれはまかないだから関係ねえ。お好み焼の材料は、兄貴とおれで朝早くから仕込みをやって、ここまで運んでくるんだ」

「面倒ですね」

「面倒だよ。なんなら、おまえがやるか」

浩司はあわててかぶりを振って、ところで、といった。

「このバイト、じゃなかった屋台の手伝いは、いつまでやれば――」

「死ぬまでさ」

「えッ」

「冗談だよ。次の日曜まででいい」

浩司は胸を撫でおろした。次の日曜ということは、きょうを入れて六日間だ。美食フェスが終わるのも日曜だから、彩芽の様子を見るのにも都合がいい。

そのあとソースが入ったポットやお好み焼を入れるパックや割箸などを所定の位置に置いたり、段ボール箱から玉子をだしたり、釣り銭の用意をしたり、あれこれ雑用を命じられた。

それが一段落したころ、開店の準備を終えたらしい酒巻が顔をだした。

「おやっさん、ご苦労さんです」

柳刃と火野がそろって一礼した。酒巻はうなずいて浩司に笑顔をむけると、

「きょうから手伝いだってな。がんばんなよ」

がんばりたくないが、はい、と答えた。

「きょうびテキヤになる奴ァ減る一方だが、いい勉強になる」

「あの、テキヤってヤクザじゃないんですよね」

ゆうべから気になっていたことを口にしたら、

「こら、おやっさんに妙なこと訊くんじゃねえ」

火野が声を荒らげた。まあまあ、と酒巻はいって、

「ゆうべもいったようにテキヤ系の暴力団もいるが、ごく一部さ」

「じゃあ、それ以外は――」

「ヤクザは博徒で、もともとは賭場を開帳して、そのテラ銭――場所代《ショバ》で飯を食ってた。しかし博打がお上《かみ》に禁じられて、いろんなシノギに手をだすようになった。テキヤの祖先は、お香の原料の行商をしていた香具師《やし》だった。それが時代とともに変わって、屋台でものを売る露天商になった。早い話が個人事業主よ」

「ヤクザとテキヤは、だいぶちがうんですね」

「うん。博徒の神様は天照大神《あまてらすおおみかみ》だが、テキヤは神農黄帝《しんのうこうてい》って神様を祀るから、テキヤのことを神農とも呼ぶ。昔のテキヤは、タカマチって呼ばれる祭りや縁日で商売するために全国を渡り歩いたもんだ」

「それがどうしてヤクザみたいに思われるんでしょう」

「昔のテキヤは組や一家で結びついてたし、親分子分の盃事がある。屋台の商売は揉めごとが多いから、ケンカっ早い奴もいた。そのへんでヤクザと混同されたんだろう」

「じゃあ酒巻さんもどこかの組にいたんですか」

「ああ。歴史のあるでかい組だったけど、いまじゃ残ってるのはあっしと弟子だけよ。弟子ももう八十近いし、跡継ぎもいねえ」

「さびしいですね」

「時代の流れには逆らえねえ。いまはこういうイベントが主流だろ」

酒巻は美食フェスの会場に目をやってから、自分の屋台にもどった。

テキヤとヤクザがイコールではないとわかって、すこし安堵《あんど》した。が、柳刃たちと伊佐木のトラブルは終わってないから不安は残る。

美食フェスが開場する十時をまわって、二軒の屋台に客がならびはじめた。美食フェスの客ではなく、お好み焼とたい焼を目当てに足を運んだらしい。どちらも百円のうえに旨いとあって繁盛しないほうがおかしい。

柳刃と火野は、いつもどおり絶妙のコンビネーションで客をさばいていく。おかげで浩司はひまだったが、火野は客が途切れると、なぜかサングラスをかけ顔にマスクをして、

「おれはちょっとでかけてくる。あとを頼むぞ」

いきなり屋台をでていった。浩司はとまどって柳刃に声をかけた。

「あの、おれはなにをすれば――」

「いままで、なにを見てた？」

柳刃は感情が読めない目をこっちにむけて、

「火野の動きを見ていたら、訊くまでもないだろう」

「見てはいましたけど、確認しときたくて――」

柳刃は答えない。そういえば倉庫で派遣のバイトをしたとき、社員に質問したら、見ておぼえろといわれた。浩司は柳刃の反応におびえつつも、当時のいらだちを思いだして、

「仕事は見ておぼえろってことですか。ネットの記事に、そういう考えかたは古

いって書いてましたけど。職人ぶりたい上司や先輩の自己満足だとも――」

「たしかに古いし効率は悪い。職人ぶってる奴もいるだろう」

柳刃は表情を変えずにいった。

「しかし見ておぼえようと思うくらいの意欲がないと、手とり足とり教わったところで身につかん。どんな仕事も先まわりが基本だ」

「先まわりが基本？」

「たとえば、おまえはここを手伝うことになった。それは、ゆうべからわかっていただろう」

「はい」

「だったら、お好み焼の屋台について、なにか下調べをしてきたか」

「いえ、特に――」

「たかが屋台の仕事だと思ったからか」

「そ、そうは思ってません」

「ネットがない時代ならともかく、いまはなんでも下調べができる。それをやらないのは意欲がないからだ」

「そういわれても仕方ないですけど――」

「上司や先輩が仕事を教えてくれないのは職場の問題だが、仕事ができないのは自分自身の問題だ。自分を伸ばそうと思うなら、受け身になるな」

客がきたので会話はそこで終わった。ひとりふたりはなんとかなっても、客は次々にくる。火野の動きをちゃんと見ていなかったせいで何度もうろたえたが、柳刃の助けを借りて接客をこなした。

昼になって客はますます多くなった。早く火野がもどってこないかと思いつつ、行列の先頭にいた中年男にお好み焼のパックを渡すと、

「おたくで使《つこ》うてるコテは、どこで買えまんの」

コテとはなんなのか。浩司は目をしばたたいた。観光客らしい中年男は柳刃が使っている金属のヘラを指さして、それやがな、といった。

「すみません。どこで売ってるかまでは――」

そういいかけたら柳刃が口をはさんだ。

「合羽橋《かっぱばし》の道具街にいけば、いろんな種類がありますよ。ここから徒歩だと二十五分くらいかかりますが」

「さよか。合羽橋の道具街やな。おおきに」

中年男が去ったあと一時すぎまで混雑は続き、客が途切れたときには汗びっし

ょりだった。浩司は柳刃にフォローしてもらった礼をいい、

「さっきのお客さん、ヘラをコテっていうから意味がわかりませんでした」

「関東はヘラ、関西はコテと呼ぶことが多い。テコ、カエシと呼ぶ地域もあるが、調理器具としての名称は起こし金が一般的だ」

「知りませんでした。そういうことも下調べすればわかるんですよね」

「どこまでやるかは本人しだいだが、自分の仕事に関する知識はいくらあっても損にはならん」

火野がようやくもどってくるとサングラスとマスクをはずし、柳刃になにか耳打ちした。柳刃の仕事に関する考えは一理あると思ったものの、ふたりはやはり怪しいから、必要以上に関わらないほうがいいだろう。

柳刃は手が空いたとき、豚バラ肉を鉄板で焼き色がつくまで炒め、そこにざく切りのキャベツと塩昆布を足してさらに炒め、コショウを振った。

火野はそのあいだに電子レンジで温めたパックご飯を丼に盛り、箸でほぐした。

柳刃は炒めた具材を飯に載せ、刻んだ青ネギを散らすと、

「食え。昼のまかないだ」

簡単な料理だが、塩昆布の旨みが豚バラ肉とキャベツにからんで飯が進む。朝

食を抜いて空腹だったから無性に旨く、たちまちたいらげた。

「休憩していいぞ」

火野にそういわれて屋台をでると、美食フェスの会場に入った。彩芽はどこにいるのかと思ってラインしたが、返信はない。かわりに母から電話があって、

「あんた、まだユーチューバーとかやってるの」

「うん」

「そんなのじゃ、お金に困るでしょ。とうさんも心配してるけど、いまはバイトもしてないの？」

「いちおうやってるよ」

「なにを？」

怪しげなテキヤの屋台でタダ働きとはいえず、美食フェスでバイトをしていると答えた。それならいいけど、と母はいって、

「早くちゃんとした会社に入りなさい。安心安全がいちばんよ」

はいはい、と生返事をして電話を切った。

海鮮マエストロ満作の前を通りかかると、拓海が額に汗を浮かべて入場客にチラシを配っていた。拓海はにやつきながらこっちへきて、

「どうよ。屋台の手伝いは？」

「なんとかやってる。柳刃さんと火野さんは、なんか怪しいけどな」

「怪しいってぃやあ、さっき彩芽ちゃんと九条とかいうイケメンがいっしょに歩いてたぞ」

「ふたりともここでバイトしてるんだから、いっしょに歩くこともあるだろ」

「でも仲よさそうに、きゃっきゃ笑ってたぞ」

浩司は内心の動揺を隠して、そのくらいいいさ、といった。

「バイトどうし仲悪いよりいいだろ」

「余裕かまして大丈夫かよ。あのイケメンとおまえじゃ勝負になんねえぞ」

「うっせえわ。ひとの心配する前に、そのデブ体形なんとかしろ」

「マジよけいなお世話。デブ好きの女だっているんだよ」

ふたりで騒いでいると、海鮮マエストロ満作のブースから人相の悪い男がでてきて、なにサボってんだッ、と怒鳴った。やべえ、店長だ。拓海はそうつぶやくと、あわててブースにもどった。

夕方になって、やっと彩芽からラインの返信があった。ずっと忙しくてラインできなかったというが、いいわけがましく感じられる。バイト終わったら屋台にきて、と送ったら、いってもいいけど先に帰るよ、とつれない返事だった。

秋の日はつるべ落としというだけあって陽が暮れるのは早く、六時ごろにはすっかり夜の雰囲気だ。美食フェスは七時まで営業しているし、お好み焼の材料も残っているが、柳刃たちは儲けにこだわらないようで店じまいをはじめた。

隣の酒巻はまだ屋台を開けていて、威勢よく接客している。

「あいよ、たい焼二丁ッ」

「いつもありがとよ。熱いから気ィつけて」

朝からほとんど立ちっぱなしで、あの重い金型でたい焼を焼くのは重労働だ。八十三歳という高齢なのに疲れた顔も見せず、元気に働く姿に感心した。

浩司はあと片づけを終えて、屋台の横のテーブルに移った。やがてバイトを終えた拓海がきて、むかいの丸椅子にかけた。おう、お疲れ、と火野がいって、

「きょうは忙しかったか」

「ひまだったけど、精神的に疲れたっす。うちの料理がまずくて高いってツイッターで拡散されてて、店長がブチ切れてました」

「だって、ほんとのことじゃん」

と浩司がいった。でもよ、と火野が首をかしげて、

「まずくて高けりゃ客がこねえに決まってる。あの伊佐木って社長だって、そのくらいわかってんだろ」

「店長に聞いた話じゃ、こういうイベントは会期中が勝負なんで、リピーターはいらないそうです。客は物珍しさで食べにくるから看板や広告だけ派手にやって、人件費や仕入れの原価をぎりぎりまで抑える。それで儲けようとするから——」

「まずくて高くなるわけだ」

「ええ。イサキフーズの店はどこもそんな感じで、グルメサイトに金かけて上位に掲載させたり、やらせレビュー使ったりして客を集めてるっす。売上げがさがったら店名を変えて、またおなじことやってるみたいで」

ひでえ会社だ、と火野がいって浩司に目をむけると、

「イサキフーズの実態をユーチューブで暴露したらどうだ」

「暴露系ユーチューバーっていうのもいますけど、下手すると名誉毀損で訴えられたり、アカＢＡＮされたりしますから——」

「アカＢＡＮ？」

「ユーチューブの規約に反したとみなされて、アカウントを停止されることです。

そうなったら動画もチャンネル登録者もぜんぶ消えちゃいます」

有名人のスキャンダルや事件がらみの情報を発信する暴露系ユーチューバーは、そういうリスクに加えて敵が多いから身の危険もある。

柳刃はまかないの準備をしているようで、まな板の上でなにかを包んでいる。

火野は柳刃の手伝いにいき、入れかわりに彩芽がやってきた。予想どおり彼女の後ろに九条がいて、お疲れでーす、と会釈した。

「彩芽ちゃん、こっち座りなよ」

と拓海がいったが、彩芽はかぶりを振って、

「ううん。きょうはもう帰る」

「えー、マジか。浩司もいるんだから、いっしょにまかない食おうよ」

彩芽ひとりならともかく、九条とふたりで帰したくない。いっそ自分も帰ろうかと思ったが、まかないを食べそびれてレシピも教われないのでは、朝からタダ働きした意味がない。ここは引き止めるより、すんなり帰したほうが男らしい。

浩司は作り笑顔で彩芽に手を振って、

「あとで連絡する。じゃあね」

拓海はふたりが去るのを見送って、あーあ、とつぶやいた。

「また余裕ぶっこきやがって。彩芽ちゃん、ガチでイケメンにいっちまうぞ。なんで引き止めなかったんだよ」

浩司はテーブルに身を乗りだすと、拓海の耳元に口を寄せて、

「柳刃さんたちがヤクザかもって心配してんだよ。そういう人間と関わってるのが会社にばれたら、内定取り消されるって」

小声でそういった。うーん、と拓海はうなって、

「心配すんのもわかるけど、ほんとはイケメンと帰りたいから、そういったとか」

「だったら、もっとやべーじゃねえか」

浩司がそういったとき、できたぞ、と柳刃の声がした。

鉄板の上に筒状の皮に包まれたものがいくつもならび、ほどよく焼き色がついている。柳刃はそれをヘラですくって紙皿に盛り、べつの小皿にタレを入れた。

「これは、なんていう料理ですか」

缶ビールとグラスを持ってきた火野に訊いた。

「見りゃわかるだろ。棒餃子さ」

餃子は大好物だが、こんな形のものは食べたことがない。拓海も棒餃子ははじ

めでだといった。

　火野に教わったように缶ビールをグラスに注ぎ、いただきます、と合掌してから棒餃子に箸を伸ばした。ぱりっとした皮を齧《かじ》ると、肉汁があふれる挽肉の旨みとニンニクの辛さ、香ばしいニラの味わいに頬がゆるんだ。

「ほえー、鬼うまッ」

　拓海が奇声をあげて棒餃子をむさぼり食い、グラスをあおった。

　柳刃によれば、タレは純米醸造酢に粗挽きのブラックペッパーを振ったもので、つけて食べたら脂っこさが中和され、ブラックペッパーのスパイシーな味わいに食欲が増す。

　浩司はスマホのメモアプリを開いて、柳刃にレシピを訊いた。

「まず豚挽肉と細かく刻んだニラ、醬油、オイスターソース、すりおろしニンニクをボウルに入れて粘りがでるまで混ぜる。割合は豚挽肉二百グラムに対してニラ一束、醬油とオイスターソースは小さじ二、すりおろしニンニクは好みの量でいいが、多めのほうが酒のアテになる」

「たしかにニンニクのパンチがきいてます」

「餃子の皮は大判を使い、具を皮の端に載せて転がすように包み、ふちを水で濡らして閉じる。皮の上下も水に濡らして閉じたら、ゴマ油をひいた鉄板で焼く」

「うちで作るならフライパンですね」

「フライパンだとなるべく平らなものか、ホットプレートがいい。棒餃子は包んだ側を上にして中火で焼く。ぱちぱち音がしだしたら大さじ三杯くらいの湯をかけて蓋をかぶせ、弱火にする。湯が蒸発してきたら蓋を開け、ゴマ油をまわしがけする。そのあと中火にもどして水気を飛ばし、焼き色がついたら完成だ」

浩司はメモアプリにレシピを入力して、棒餃子とビールを堪能した。ふつうの餃子は皮を包むのが面倒だが、これなら自分にも作れそうだ。

「そろそろ、次にいきますか」

火野がそういうと、柳刃はうなずいて鉄板の前に立った。火野は鉄板の横にカセットコンロを置いて、鍋に湯を沸かした。柳刃はあらかじめ切ってあった肉や野菜を鉄板で炒めだした。

火野は見たことのないカップ麺を四つ持ってくると、蓋をぜんぶ剝がして麺、かやく、粉末スープ、調味油、紅ショウガをとりだした。鍋の湯が沸くと、そこで麺を茹でたが、軽くほぐれたくらいで柄つきの網ですくい、鉄板で炒めている具材に載せた。

柳刃は麺の上から半分ほどの粉末スープとかやくと調味油を振りかけ、鍋に残った湯をオタマでまわしかけた。大きな湯気があがり、旨そうな匂いに唾が湧いてきた。

「カップ麺で焼そばを作ってるんですか」

「これは焼ラーメンだ」

と柳刃がいった。

「あ、テレビで観たことあります。博多の屋台で人気なんですよね」

柳刃はうなずいて麺と具材をヘラでかき混ぜてさらに炒め、コショウを振って刻んだ青ネギを散らすと、紙皿に盛って紅ショウガを添えた。紅ショウガは、もともとカップ麺についていたものにお好み焼用のを足してある。

焼ラーメンをテーブルに運んで、すこし汁気のある麺を啜《すす》ったら、こってりした豚骨の旨みとコクに驚いた。具は豚バラ肉、キャベツ、玉ネギ、モヤシ、キクラゲ、ほかにカップ麺のチャーシューとかやくも入っている。

「旨いッ。悪魔的美味ッ」

拓海がどこかで聞いたような台詞を口にした。火野が麺を啜りながら、

「この『サンポー焼豚《やきぶた》ラーメン』はふつうに食っても激ウマだけど、焼ラーメン

にしたら、これまた絶品ですね。豚骨の匂いがクセになる」

「カップ麺のスープで、本場の豚骨にいちばん近いのはこれだろう」

と柳刃が答えた。柳刃によると、サンポー焼豚ラーメンは一九七八年発売のロングセラー商品で、九州には熱烈なファンが多いという。

「東京では見かけないから、食べるにはネット通販で買うしかないですね」

「豚骨の味にこだわらないなら、ほかのカップ麺や袋麺でもいい。麺はあとで炒めるから、容器や袋に書いてある茹で時間より一分ほど短くする」

「ほかにコツはありますか」

「汁気をすこし残すのと、味が濃くなりすぎないよう粉末スープは半分だけ使う。フライパンで作る場合は具を炒めてから麺をそのまま入れ、湯をかけてほぐしながら水気を飛ばす方法もある」

焼ラーメンは紅ショウガを箸休めにして、ビールのつまみにも最高だ。火野が持ってきた二本目の缶ビールを呑み干し、紙皿を空にしたころには満腹のうえにすこし酔いがまわっていた。

火野がテーブルにきて浩司の隣に座ると、

「そういやあ、おまえの彼女は先に帰ったな」

ヤクザかもしれない人物と関わりたくないからとはいえず、ええ、と答えた。

拓海がにやついて、こいつ、ふられそうなんすよ、といった。

「彩芽ちゃんが、九条ってイケメンとくっつきそうで」

「よけいなこというなよ。棒餃子と焼ラーメンが旨くて忘れてたのに」

「どうしたらいいか、火野さんに相談しろよ」

「恋愛のことはよくわからねえが、あの子はたしかにイケメンだな」

と火野がいった。ですよね、と浩司はいって、

「しかも高学歴で実家はセレブなんです」

「それがどうして美食フェスでバイトをやってるんだ」

「就活に失敗したからだそうです」

「でも、あんだけハイスペックなら、なんとでもなるだろ」

と拓海がいった。浩司はうなずいて、

「親ガチャで大当たりひいてるもんな」

「そうそう。うちは親ガチャはずれ。おやじはドラッグストアの店長で、かあちゃんは保育士やってるけど、ぜんぜん金ない。髪はおやじ似でハゲそうだし、体形はかあちゃん似で水飲んでもデブる」

「おれもたいして変わんねえよ。親ガチャではずれひいた時点で、圧倒的に不利なスタートだもん」

「ほぼほぼ人生負けてるよな」

ふたりとも若いくせに考えかたが暗いな、と火野がいった。

「親ガチャって言葉は最近よく聞くけど、不利なスタートでも、それをひっくりかえすのがおもしろいんじゃねえか」

「配られたカードで勝負しろってことですか」

「おう、そうよ。いいこというな」

「でも、ひとはみんな見た目や生まれは選べない。親ガチャで当たりをひくのもはずれをひくのも運でしょう。不公平じゃないですか」

「不公平でもしょうがねえだろ。こういう便利な時代に生まれただけでもましじゃねえか。第二次大戦中なんかに生まれたら大変だぞ」

「あ、それ時代ガチャっていうんです。世界の国のどこに生まれるかで運命が変わる国ガチャもあります」

「なら星ガチャはどうだ。宇宙のどこかべつの星に生まれるとか」

「宇宙そのものがちがう宇宙ガチャもあったりして」

拓海が笑いながらいった。でもよ、と火野がいって、

「親からすりゃあ子ガチャもあるだろ。こんな子に育てたおぼえはないって」

「それは産んだ両親に責任があるっすよ」

と拓海がいった。だよな、と浩司はいって、

「子どもが親の思いどおりに育つとは限らないんだから」

「まあ、わが子に期待しすぎるのもよくねえけどな。どう思います、兄貴」

火野がそういって屋台のなかの柳刃に目をやった。

柳刃はなにもいわずタバコをくゆらせている。隣の屋台はようやく客がいなくなり、酒巻はあと片づけをはじめた。

③ 赤ワインが止まらない。北海道と中華の絶品グルメ

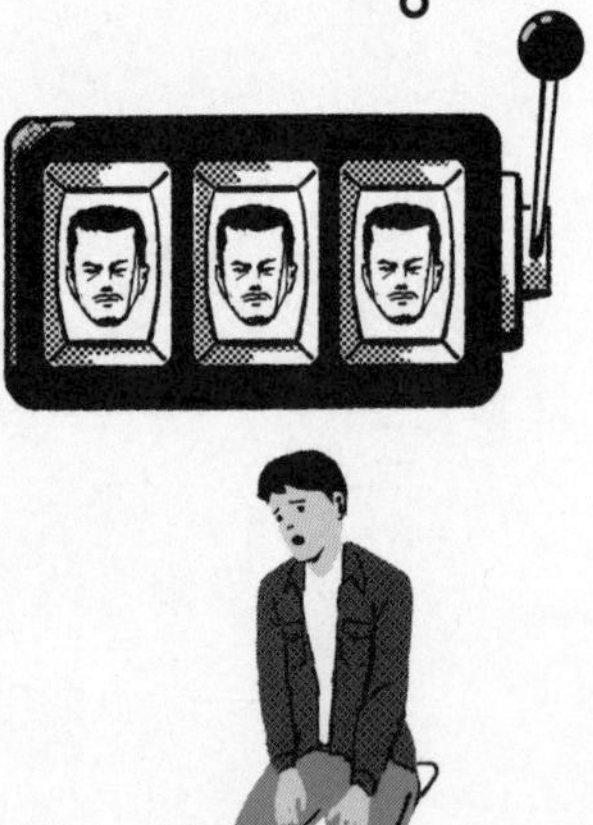

浩司は翌朝も満員電車に乗って上野公園へむかった。

乗客たちは誰もが浮かない表情で、息苦しさに耐えている。高円寺から上野までは乗り換えをはさんで三十分ちょっとだが、それでもくたびれる。

自分が遠距離通勤のサラリーマンになって、定年まで何十年も満員電車に乗ると思ったら気が遠くなる。しかしそうしたサラリーマンのなかには、かつてあこがれた一流企業の正社員もいるだろう。ユーチューブでは一円も稼げず、底辺のバイトしかできない自分は将来どうなるのか。

ゆうべは柳刃の屋台をでたあと、拓海といっしょに帰った。

「テキヤって稼げるのかな」

上野公園の出口にむかって歩きながら、拓海がそうつぶやいた。

「百円のお好み焼じゃ無理さ。柳刃さんたちも儲ける気なさそうだし」

「よくやっていけるよな。酒巻さんのたい焼も安すぎるけど」

「酒巻さんはあの歳だから、そんなに生活費もかからないんじゃないかな。でも柳刃さんたちは屋台だけじゃ暮らせないと思う」

「じゃあ、ほかになにかやってるのか」

「わからないけど、なんか怪しいんだ。火野さんはきょう変装して、どこかへでかけてったし」

「それは怪しいな。旨いまかない食わせてもらってるのに悪口いいたくねえけど、あの気前のよさも変だ。やっぱヤクザかも」

「怖がらせるなよ。あしたも屋台の手伝いなのに」

千葉の船橋に住んでいる拓海とは上野駅で別れた。柳刃たちはヤクザではないと思って安堵したのに、またふつふつと疑念が湧いてくる。

アパートに帰ったら、こんどは彩芽のことが気になった。電話をかけると彩芽はどこかで呑んでいるのか、がやがやひとの声がする。

「いま、どこにいるの」

「居酒屋。うちに帰る途中で、高校のときの友だちにばったり会ったから」

納得したふりをして電話を切ったが、友だちとは嘘で、ほんとうは九条と呑んでいるのかもしれない。そんな気がして疑心暗鬼になっていると、隣のセイウチが「恋するフォーチュンクッキー」を熱唱しだした。心配ごとがいくつもあるうえに豚の悲鳴みたいな裏声が耳に残って、遅くまで眠れなかった。

親ガチャだけでなく、日常のガチャもはずればかりひいている気がする。新卒で入社した会社を希望退職させられたのを皮切りに、それからやったバイトもことごとくはずれだった。

いまはユーチューバーで生計をたてるのに望みを託しているが、またはずれをひく可能性もある。いま考えられる最悪の大はずれは彩芽が九条とくっついたうえに、柳刃たちがヤクザでトラブルを起こし、自分も巻きこまれることだ。

寝不足の頭のなかでスロットマシーンみたいなガチャがくるくるまわり、柳刃と火野と九条の顔が三つそろった。

「もうかんべんしてくれ」

胸のなかでそうつぶやいたとき、ドアが閉まります、ご注意ください、とアナウンスが流れた。ホームに目をやると、電車はいつのまにか上野駅に停まっていた。浩司は乗客をかきわけて、閉まりかけたドアに突進した。

きょうも二軒の屋台は大勢の客でにぎわった。たい焼は以前から常連客が多いようだが、お好み焼は新しい客が日ごとに増えている印象だ。しかし柳刃と火野は喜ぶ様子もなく、小声で妙な話をしていた。

「兄貴、こんな調子じゃ困りますね。値段を安くしすぎたかも――」

「おれもそう思うが、いまさら値上げするわけにもいかん」

繁盛したら困るような口ぶりが不可解で、ふたりの怪しさが一段と増した。しかも開店からしばらくすると、火野はまたサングラスとマスクで変装してどこかへいった。浩司は接客に集中して、頭のなかで回転する悪夢のガチャを追い払った。

午後になって客が途切れると、柳刃は手早く昼のまかないを作った。

きょうは小粒納豆、とろろ状のめかぶ、刻んだ青ネギをかき混ぜたものを飯にかけた丼だった。小粒納豆とめかぶは市販のパック入りで、柳刃はパックについていたタレやカラシをすべて入れ、そこにゴマ油と醬油をすこし足した。簡単に作れる丼だが、粘りのある小粒納豆とめかぶが飯にあうのはもちろん、青ネギの辛みとゴマ油のコクが味わいを増す。けさは起きるのが遅くて朝食をまた抜いたから空腹で、小粒納豆とめかぶを啜りながら一気にかきこんだ。

まかないを食べ終えた火野が機嫌よさそうだったから、

「火野さんは、いつもどこへでかけてるんですか」

気になっていたことを思いきって訊ねた。とたんに火野は眉をひそめて、

「よけいな詮索するんじゃねえ。さっさと休憩してこい」

尖った口調でいった。

浩司は急いで屋台をでると、美食フェスの会場に入った。行き先を訊いただけなのに、あんな態度をとるのはやましいことがあるからだ。頭のなかで悪夢のガチャがまた回転をはじめた。

平日の午後とあって会場にならぶブースはひまなところが多く、従業員たちは客の呼びこみに懸命だ。彩芽と拓海の様子を見ようと思って歩いていくと、会場の隅に警備員が立っていた。このあいだ伊佐木が柳刃と揉めたとき、呼ばれてきた男だ。がっちりした体つきの男はこっちに一礼したから、浩司も会釈して、

「忙しいですか」

　と声をかけた。男は首を横にふり、

「ご覧のとおり、きょうはひまだよ。でも、ひまなときがつらい。時間が経つのが遅いんで」

「わかります。おれも前に警備のバイトやってましたから」

「そうなんだね。この前会ったときは屋台にいたけど――」

　ユーチューバーだというのは気がひけて、フリーターだと答えた。制服の胸に名札があり、泡乃《あわの》雄大《ゆうだい》と書いてある。この警備員と親しくなっておけば、なにかトラブルが起きたときに相談できるかもしれない。そう思って簡単に自己紹介したあと、しばらく世間話をした。

　そのあと彩芽を捜すと、また九条といっしょにドリンク販売のブースにいたから無視して通りすぎた。拓海も接客中で声をかけられず、屋台にもどった。客はそれほど多くないから、まだ休憩してもよさそうだ。

　酒巻の屋台が空いていたので、たい焼を買ってその場で食べた。サクサクした皮と甘さをひかえた餡の取りあわせは、飽きがこない美味しさだ。

「やっぱり、ここのたい焼は超旨いです」

浩司がそういうと酒巻は目尻に皺を寄せて、

「うれしいねえ。若いひとにそういってもらえると」

「近いうちに、また撮影させてください。前回撮ったぶんじゃ、ここの魅力を伝えきれないんで」

浩司がそういうと酒巻はうなずいて、

「夜は柳刃さんのまかない食って、楽しそうだな」

「ええ。酒巻さんは食べにこられないんですか」

「あっしは、死んだ女房と晩酌するのが習慣でね」

「えッ。それって幽霊みたいな――」

「なに仏壇の前で呑んでるだけさ。死んでから三年も経つのに未練がましいが、癖になっちまった」

仏壇の前で晩酌するとは、よほど夫婦仲がよかったのだろう。酒巻は子どももいないというから、孤独な生活が気の毒だった。

お好み焼の屋台は、きょうも陽が暮れたころに営業を終えた。

浩司は片づけをすませて、いつもの丸椅子でひと休みした。ほどなくバイトを

終えた拓海がやってきて、テーブルのむかいに腰をおろすと、

「さあ、きょうのまかないはなんだろ」

うれしそうに舌なめずりした。拓海は部外者だし、なんの手伝いもしていない。にもかかわらず、まかないを食べて当然のような態度にはらはらしたが、柳刃と火野はなにもいわない。

柳刃は玉ネギやカボチャやピーマンといった野菜を包丁で刻み、火野はニンニクをすりおろしている。なにを作っているのか気になるが、彩芽のことも気がかりだ。きょうはラインでやりとりしたが「忙しい？」「まあまあ」「昼はなに食べた？」「パン」「おれは納豆とめかぶ、めちゃ美味しかった」「そうなんだー」といった調子で返信はそっけなかった。

美食フェスの出口にちらちら目をむけていたら、彩芽がでてきた。また九条がいっしょでむかついた。拓海はふたりに気づくと、しかめっ面でこっちを見て、

「あのまま帰していいのかよ」

「よくないけど、しょうがねえだろ」

「将を射《い》んと欲すれば、まず馬を射よ」

「は？　意味わからん」

「鈍い奴だな。おれが手本を見せてやる」

拓海はいきなり立ちあがり、九条く一ん、と大声で叫んだ。

「ちょっと相談があるんだ。こっちにおいでよ」

「えー、相談ってなんですかぁ」

九条はさわやかな笑みを浮かべて近づいてきた。拓海の意図がやっとわかった。九条を引き止めて、彩芽といっしょに帰らせない作戦だ。浩司は九条を手招きして、まかない食っていきなよ、といった。

「きょうのまかないは最高だよ」

メニューも知らないのに必死で誘った。彩芽はわけがわからないようで、きょとんとした表情だ。九条は首をひねりつつ拓海の隣に座り、

「相談ってなに?」

「まあまあ、そう焦らずに。ちょっと深刻な問題だから」

拓海は適当なことをいってごまかしている。彩芽はこっちにこようとせず屋台の前に立っている。呼びにいこうか迷っていたら、

「九条くん、先に帰るね。じゃお疲れー」

彩芽はそういって、すたすた歩きだした。九条は彼女を振りかえって、またあ

したね、と手を振った。拓海は浩司の耳に口を寄せて、

「ミッションコンプリート」

　とささやいた。九条は拓海のほうをむいて、

「で、なんの相談があるの」

「んーと、どうしたら九条くんみたいなイケメンになれるかと思って」

「えー、そういわれても――」

　九条は照れた表情でもじもじした。拓海は自分が相談を持ちかけたのに、無理だよね、とあっさりいって、

「イケメンに生まれるかどうかなんて、しょせん親ガチャだもん」

「ま、まあ、そういう部分もあるかも――」

「でしょ。ごめんね、変な相談で引き止めて」

「いいよ。じゃあ、ぼくはこれで」

　九条は丸椅子から腰を浮かせた。あれ？　と浩司はいって、

「まかない食べないの」

「食べたいけど、いまからママの誕生日パーティだから」

　九条が帰ったあと拓海は鼻を鳴らして、

「ママの誕生日パーティだってよ。セレブはいうことがちがうな」

「ほんとかどうか、わかんねえぞ」

「あとで彩芽ちゃんと合流するってことか」

「かもな。もういいや、考えたくない」

やがて鉄板のほうから肉が焼ける匂いが漂ってきて、できたぞ、と柳刃がいった。今夜のまかないは、肉と野菜を炒めたものが二種類で、ふたつの紙皿に盛ってある。どちらも具材はおなじようだが、ひとつは焼肉っぽい色合い、もうひとつは茶色くてスパイスの香りがする。

いただきますの合掌のあと、グラスに注いだビールで喉をうるおすと、焼肉っぽいほうから箸をつけた。厚めに切った肉は見た目に反してやわらかく、嚙むたびに熱い肉汁があふれだす。肉にからんだタレは甘みと酸味のバランスが絶妙で、生ニンニクの強烈な辛さが食欲をかきたてる。

野菜は、さっき柳刃が刻んでいた玉ネギとカボチャとピーマンだ。肉の脂とタレがしみた玉ネギ、ほっこりしたカボチャ、ほのかに苦くて甘いピーマンは、これだけでもビールが進む。うほー、と拓海が叫んで、

「めちゃうまッ。なんなんですか、この肉？」

「生ラムだ」

　と柳刃が答えた。

「ラムって羊っすよね。前にジンギスカン食べたとき、匂いが気になったけど、これはぜんぜん気にならない」

「生後一年以上が経過した羊肉はマトンと呼び、独特の匂いがある。生後一年未満の仔羊の肉がラムで、やわらかく匂いもない。それでも冷凍すると固くなりがちだが、これは冷蔵保存の生ラムだ。そのなかでも、特にやわらかいロースを使った」

　拓海がいったとおり羊肉はクセが強いイメージだったが、これは別物だ。その旨さをひきだすタレが気になって、柳刃に作りかたを訊くと、

「北海道でジンギスカンのタレといえば、ベル食品とソラチが圧倒的な人気だ。この生ラムは野菜と炒めたあと、ベル食品のタレに生のすりおろしニンニク、刻んだ青ネギ、一味唐辛子、ゴマ油少々を混ぜたものをかけて仕上げた」

「北海道民はベル食品派とソラチ派にわかれてるそうですね」

　と火野がいった。柳刃はうなずいて、

「タレの味つけ派と後づけ派もある」

「味つけ派と後づけ派？」

「肉をタレに漬けこんでから焼くか、肉をそのまま焼いてからタレにつけるかだ。大ざっぱにいうと札幌から北は味つけ派、札幌から南では後づけ派が多い」

浩司はふたりの会話を聞きながら、もうひとつの皿に箸を伸ばした。こっちの生ラムは薄切りにしてあり、野菜は玉ネギだけだ。

味の見当がつかぬまま口に運んだとたん、鮮烈なスパイスが舌の上で弾けた。ぴりりと痺れるような辛さと、ほろ苦いコクがある。タレとはまったくちがう味だが、肉の旨さをひきだす点では甲乙つけがたい。エスニックな香りと刺激的な辛さ、玉ネギの甘みがビールを呼ぶ。

浩司はグラスをあおって缶ビールを注ぎ足すと、柳刃に訊いた。

「これは、なんていう料理ですか」

「孜然羊肉《ズーランヤンロウ》だ。中国の新疆《しんきょう》ウイグル自治区や西安《シーアン》で、よく食べられている。羊肉を串に刺した羊肉串《ヤンロウチュアン》は中国各地で人気がある」

「スパイスは、ちょっとカレーに似てますね」

「ズーランとは中国語でクミンを意味する」

「だからカレーに似てるんだ」

「クミンってカレー粉に入ってるよな」

と拓海がいった。続いて柳刃にレシピを訊くと、

「まずラムをボウルに入れ、醬油と紹興酒、クミンパウダーを揉みこんで下味をつける。味つけのメインは塩だから、醬油は少量でいい。そのあとフライパンに油を多めにひき、クミンシードを焦がさないよう弱火で炒める」

「クミンパウダーとクミンシードってことは、粉末と種を使うんですね」

「そうだ。クミンシードの香りがたったら、ラムと玉ネギを炒め、塩、コショウ、一味唐辛子、花椒《ホアジャオ》で味を調える」

「花椒《ホアジャオ》？」

「中国の山椒だ。四川省や河北省がおもな産地で、日本の山椒よりも辛みや痺れが強く、麻婆豆腐や火鍋に欠かせない」

「この痺れるような味は花椒なんだ。しっかし、クミンって羊の肉にすごくあうんですね」

「羊肉には香菜《シャンツァイ》、つまりパクチーもあう。きょうは炒めて味つけしたが、生ラムを焼いてクミンと塩コショウをつけて食べるのも旨い」

拓海はふたつの料理を交互に食べてはビールをがぶ吞みして、

「どっちもビールのアテに最強っす。マジやばい」

浩司もまもなく缶ビールを空けて、もう一本呑みたいと思っていたら、火野がワインのボトルとワイングラスを持ってきた。

「へへへ、ラムには赤ワインもあうんだぜ」

火野がいうとおり、タレ焼のラムと孜然羊肉をつまみに赤ワインがぐいぐい呑める。ワインはふだん呑まないせいか、しだいに酔いがまわってきた。

「彩芽ちゃん、ちゃんと帰ったかな」

拓海が赤い顔でそうつぶやいた。彩芽のことは料理が旨くて頭から離れていたのに、いらだちが蘇った。あーあ、と拓海はつぶやいて、

「おれも九条みたいなイケメンで、親が金持の家に生まれたかったなあ」

「しょうがねえだろ。おまえもおれも親ガチャではずれひいたんだから」

鉄板のむこうでタバコを吸っていた柳刃が不意にこっちを見て、

「本気でそう思ってるのか」

浩司はとまどいつつ、どういう意味ですか、と訊いた。

「おまえはいま親ガチャではずれをひいたといったが、当たりをひく可能性はあったのか」

「当たりをひく可能性？」

「はずれをひいたと悔しがるのは、当たる可能性があったからだろう」

「ま、まあ、見た目や生まれは運ですから」

「ひとが何度も生まれ変われるのなら、運不運を論じるのはわかる。しかし人生はサイコロのように振りなおしはできん。可能性がないことを悔しがるのは時間のむだじゃないか」

「そのくらいわかってますけど、恵まれたスタートを切るひとも実際にいるじゃないですか。超イケメンで親が大富豪みたいな――」

「そういう他人がいるからといって、自分とくらべてなんになる。どんなにうらやんでも他人にはなれない。おまえの人生は、おまえだけのものだ」

「でも人生で成功するには、外見のよさやお金も必要だから――」

「人生の成功とはなんだ」

「みんなから認められることでしょう。名誉とか地位とか財産とか」

「ならば、それが得られなかったら人生は失敗か」

「失敗とまではいいませんけど――」

「また親ガチャではずれをひいたと悔しがるのか」

「親ガチャだけじゃないです。いまの世の中はおかしいじゃないですか。格差社会はどんどんひどくなって貧困層が増加して――」

「いまの世の中は、たしかにおかしい。日本人の平均年収は三十年前と変わらず、半数近くが年収三百万以下だ。にもかかわらず物価は上昇を続けている。非正規雇用者のうち、パートやアルバイトは千五百万人近くにおよぶ」

「東京都の人口より多いんですね。なんで、そうなったんだろ」

「第一に産業の急速なデジタル化だ。かつて人力に頼っていた仕事が失われたり規模を縮小したりしたせいで、雇用が減り賃金も低下した」

「今後はＡＩでなくなる職業が多いそうですね」

「第二に、企業の多くが成果主義や能力主義を導入したことだ。日本の高度成長期を支えたといわれる年功序列や終身雇用制度が崩壊し、所得に格差が生まれ非正規雇用も増加した。第三に少子高齢化によって若者が減る一方、年金で生活する高齢者は増えるから必然的に低所得者層も増加する。労働人口が減れば、労働者が負担する社会保障費も大きくなる」

テキヤの柳刃がそんなことにくわしいのは意外だったが、いまの世の中がおかしいという点では意見が一致した。柳刃は続けて、

「経済的な格差は日本だけの問題ではない。世界でもっとも富裕な八人の資産は、もっとも貧困な三十六億人の資産に匹敵する」

「そんな欲ばりがいるから、みんな貧しくなるんだ」

「そんな欲ばりは、おまえがいう名誉や地位や財産を追求した結果じゃないか」

「でも限度がありますよ。貧富の差は広がる一方だし、こんなんじゃ将来に希望を持てません」

「格差社会は、これからもっと深刻になるだろう。しかし世の中がいかにおかしくても、おまえが不運だと思うのは自分自身のせいだ」

「要するに自己責任っていいたいんですよね。そんなの聞き飽きました」

おいおい、と拓海が狼狽した表情でいった。すこし口がすぎたと思ったけれど、酔っているだけについ感情的になって、

「ブサイクに生まれて家が貧乏でも文句をいうな。人生がうまくいかないのは本人の責任で、努力が足りない。そういうことでしょう」

「ちがう。おまえが価値を見出しているのは、ありふれた承認欲求でしかない。人生がうまくいかないとすれば、それが原因だ」

「みんなツイッターとかインスタとかティックトックとかユーチューブとかやっ

てるけど、あれも承認欲求ですよね。承認欲求を持っちゃいけないんですか」

「いけなくはない。ただ他人になにかを求め続ける限り、おまえはいつまで経っても満たされない。そして自分は運が悪い、世の中がおかしいと嘆く」

「よくわかんないけど、おれがまちがってるんでしょ。それでいいです」

浩司は溜息まじりにいって立ちあがった。おい、と火野がいって、

「投げやりになるんじゃねえ。シメの飯は食わなくていいのか」

「いえ、もう帰ります。ごちそうさまでした」

浩司は軽く頭をさげると屋台をでて歩きだした。さらに酔いがまわって足元がふらつく。柳刃と火野にあんな態度をとったことに後悔が胸をかすめたが、いらだちのほうがまさっていた。拓海があとを追ってきて、

「おまえ、まさか辞めるんじゃねえだろうな」

「辞めたっていいだろ。どうせタダ働きなんだから」

「それでいいのか。柳刃さんにレシピ教わってんだろ」

「おまえは、ゆうべいったよな。柳刃さんたちはヤクザかもって」

「うん」

「彩芽も心配してるし、これ以上関わらないほうがいい気がする」

「おまえが辞めたら、さびしいじゃねえか。もうちょっとがんばれよ」

浩司は言葉を濁して歩き続け、上野駅で拓海と別れた。

④ フライパンひとつで至福の味。海鮮とチーズの饗宴

翌朝はひどい二日酔いだった。

ゆうべ部屋に着いたのはまだ早い時間だったが、コンビニで買った缶チューハイを三本も呑んだのが響いている。頭蓋骨にヒビが入ったような頭痛と猛烈な喉の渇きで目を覚ますと、七時四十分だった。ミネラルウォーターをラッパ飲みして、ふたたびベッドに寝転がった。ゆうべ彩芽に電話して、屋台の手伝いを辞めようか迷っているといったら、

「辞めるのは賛成。柳刃さんたちが悪いひととは限らないけど、あぶないことに

は関わらないほうがいいよ」

「やっぱそうだよな。でも辞めたら、彩ちゃんに会えなくなる。柳刃さんたちの目があるから美食フェスにいきづらいし」

「あそこの会場で会わなくてもいいじゃん。あと三日でバイト終わるし」

「わかった。じゃあ辞めるわ」

「よかった。安心した」

九条をどう思っているのか訊きたかったが、口にする勇気がなかった。ふたりがつきあっているならともかく、バイトが終われば九条との縁も切れるだろう。

屋台の手伝いを辞めると決心して、吹っ切れた気がした。柳刃に教わったレシピで料理動画を撮っても、再生回数はそれほど増えそうもない。酒巻の動画の続きを撮れなかったのは心残りだが、もうあきらめよう。拓海は残念がるにせよ、べつの場所で会えばいい。ゆうべはそう思って眠りについた。

ところが、いま柳刃との会話を思いだすと、重たいなにかが胸につかえている。柳刃と火野に失礼な態度をとったのも悔やまれるし、もっと話をしたかった。ゆうべは酔って気持が昂《たかぶ》り、柳刃がいうことにむきになって反抗したが、必ずしも親ガチャではずれをひいたとは思っていない。

生まれつき恵まれている他人をうらやんだだけで、人生がやりなおせないのもわかっている。けれども、すべてが自己責任だと考えたくなくて、自分の境遇を運のせいや世の中のせいにしたのだ。

「他人になにかを求め続ける限り、おまえはいつまで経っても満たされない」

ゆうべ柳刃がそういったのも気になっている。あの台詞がなにを意味するのか、わかるようでわからない。酒巻にも会いたいけれど、彩芽に辞めるといってしまった。彼女を安心させるためには、やはり辞めるしかなさそうだ。

苦い後悔に浸っているとスマホが鳴った。画面を見たら母だったから通話ボタンをタップした。ねえ、ニュース観た? 母はいきなり訊いた。

「観てない」

「もうすぐ都内のイベントで無差別テロを起こすって」

「誰が?」

「いまニュースでやってたの。犯行予告があったって」

「都内ってどこよ」

「わかんないけど、気をつけなさい。イベントでバイトしてるんでしょ」

母の用件はそれだけだった。スマホを見たら、該当するニュースの動画があった。それを再生すると、女性アナウンサーが緊張した面持ちで語りはじめた。

昨夜八時ごろ、今週末に都内のイベントで無差別テロを起こすというメールが東京都庁に届いたことが警視庁への取材でわかりました。それによりますと、イベントを中止した場合は街中での無差別テロに切り替えるという内容で、警視庁は犯行予告とみて警戒を呼びかけています。

都内のイベントというだけでは漠然としているし、ただのおどしかもしれない。けれども、あすは金曜で最近は無差別殺傷事件が多いから、彩芽のことが心配になった。もっともそれは口実で、柳刃たちとこのまま別れたくないと思った。

時刻は八時十分で、いまからアパートをでれば九時にまにあう。浩司は二日酔いのだるさをこらえて、大急ぎで服を着替えた。

上野駅からダッシュして、九時ぎりぎりにお好み焼の屋台に着いた。

柳刃と火野はいつもどおり開店の準備をしている。まだ二日酔いが抜けないうえに息があがって、いまにも倒れそうだったが、

「ゆうべはすみませんでした。酔って失礼なことをいって――」

かすれた声で詫びた。

柳刃は無言でうなずいたから、ほっとした。火野は冷蔵庫のところでごそごそしていたが、赤い液体が入ったグラスをさしだして、

「飲めよ。二日酔いに効くぜ」

どうやらトマトジュースらしい。また喉が渇いていたから、礼をいってグラスを口に運んだ。味はトマトジュースに近いけれど、炭酸が入っていてほろ苦い。なにかと思いつつ飲み干すと、胃袋がほんのり温かくなった。この感覚にはおぼえがある。

「これ、もしかしてお酒入ってます？」

そう訊ねたら火野はにやりと笑って、

「トマトジュースとビールを同量で割ったレッドアイってカクテルだ」

「二日酔いにビール？」

「デンマークじゃ、二日酔いにビールが定番らしいぜ。二日酔いをいつも酒でごまかしてるとアルコール依存症になるから要注意だが、てきめんに効くのはまちがいねえ」

いわれてみれば、さっきよりも体が楽になってきた。火野は続けて、

「それにトマトに含まれるリコピンは、二日酔いの原因になるアセトアルデヒド

を抑制するって話だ」

「ってことは、二日酔いに効くカクテルなんだ」

「レッドアイって名前の由来は、二日酔いで目を真っ赤にした連中が呑んでたからって説がある。べつの説だと、昔のレッドアイは生玉子を入れるのがふつうで、その黄身が目玉に見えたって話だ」

「なるほど。すごいですね、火野さん」

「へへへ、兄貴の受け売りだけどな」

屋台が営業をはじめてすこし経つと、火野はまた変装してどこかへいった。が、もう詮索する気はしなかった。お好み焼は、きのうよりもさらに客が増えて目がまわるほど忙しい。

昼のまかないは時間がないから、玉子かけご飯ですませた。とはいえ柳刃はやはりこだわりがあって、お好み焼に使う青海苔、青ネギ、削り節、天かすを玉子かけご飯にまぶし、最後に醬油をかけた。これがやたらに旨くて、朝まで二日酔いだったのに丼が一瞬で空になった。

ゆうべの件があるから食後は休憩するのが申しわけなくて、そのまま働いた。拓海からラインがあって、まさか辞めてねえよな、と訊くから、うんと答えた。

屋台の手伝いを続けることにしたのを彩芽に伝えようかと思ったが、無差別テロが心配だからというのも大げさな気がする。万が一テロが起きたとしても、なにかできるわけではない。といって柳刃たちと縁を切りたくなかったといえば、彩芽が怒るかもしれない。迷った末に連絡はしなかった。


きょうは日が暮れても客足が途絶えなかった。

まだお好み焼の材料は残っていたが、柳刃は六時前になると「本日売切れ」と書いた札を店頭に置き、火野とまかないの準備をはじめた。いつも食べてばかりで申しわけないし、ゆうべのことがあるから、手伝いましょうか、といったら、

「座ってろ。おまえはタダ働きなんだから、晩飯くらいサービスしてやる」

火野にそういわれてテーブルについた。拓海がそれを見計らったようにやってきて、むかいに腰をおろした。拓海は口に手をかざして、

「おまえが辞めなくてよかったよ」

と小声でいった。浩司は肩をすくめて、

「まかない食いそびれるからか」

「それもあるけど、さびしいだろ。うちの店は人間関係最悪だから、話し相手も

いねえんだ」

「ブラックな会社ってそうなるよな。おれもいろんなバイトやったけど、みんな余裕がない感じで、誰とも仲よくなれなかった」

「仕事がきついっていうより、人間関係のほうがしんどい。もし正社員になれたら、給料もだいぶあがるから辛抱できるんだけどな」

「イサキフーズで正社員になりたいのか」

「どうせ働くならバイトよりましじゃん。いつまでやれるかわかんねえけど、ほかの会社で正社員になるのは大変だし」

拓海はそういって鉄板のほうに目をやった。柳刃はさっきから二本のヘラを動かしていて、具材が焼ける音とともに旨そうな匂いがする。火野は屋台の奥で、果物とチーズらしきものを紙皿に盛りつけている。

柳刃に呼ばれて料理をとりにいったら、大ぶりのエビとイカ、ひと口大に切ったジャガイモが紙皿に盛ってある。パセリと輪切りの唐辛子が全体にまぶしてあり、彩りが美しい。続いて火野がテーブルに運んできたのは、スライスした梨の上にカマンベールチーズを載せた料理だった。

いつものように缶ビールをグラスに注ぎ、合掌してから割箸を手にした。はじめにエビを齧ったら、ぷつんと張りがあって甘みのある汁があふれてきた。味つけは深みのある塩味で、ニンニクの旨み、唐辛子の辛み、バターのコクがある。イカも甘くてみずみずしく、表面がカリッと焼けたジャガイモは中身がほくほくだ。うひょう、と拓海が叫んで、

「さすが柳刃さん、海鮮も激ウマだあ」

「おまえの店は海鮮マエストロだろ」

「あんなの海鮮の抜け殻だよ。これって、どうやって作るんですか」

「ちょっと待て。レシピ訊くのは、おれの役目だろ」

スマホを手にしてメモアプリを立ちあげると、柳刃は口を開いた。

「まずエビは殻を剝き背ワタをとって水洗いしたあと、キッチンペーパーで水気を拭く。剝きエビを使えば簡単だ。イカは刺身用のものを食べやすい大きさに切り、ジャガイモは洗ってからひと口大に切って皿に載せ、軽くラップをかけてレンジで加熱する」

「ジャガイモをレンチンするのは時短のためですか」

「そうだ。ジャガイモは竹串が通るようになるまで加熱し、粗熱をとって皮を剝く。それから赤唐辛子を輪切りにし、ニンニク、パセリ、アンチョビをみじん切

りにする」

「この深みのある塩味はアンチョビなんですね」

「アンチョビはナンプラーとおなじく、炒めると臭みが飛んで旨みが増す。家で作る場合はフライパンにオリーブオイルをひいて、ジャガイモを炒める。ジャガイモに焼き色がついてきたらエビ、イカ、ニンニク、赤唐辛子、アンチョビを入れて炒め、バターをからめる。最後に皿に盛り、パセリをちらして完成だ」

次に火野が作ったカマンベールチーズを載せた梨を食べた。フレッシュな梨と濃厚なカマンベールチーズはオリーブオイルと粗挽きのブラックペッパーがかけてあり、甘さと塩味のバランスが最高だ。

火野にレシピを訊いたら、見たまんまだろ、と笑われた。

「これも兄貴に教わったけど、梨をリンゴに、チーズをふつうのプロセスチーズに変えても旨いぞ」

ふたつの料理はビールはもちろん赤ワインにもあいそうだが、ゆうべは呑みすぎたから我慢した。料理をたいらげて缶ビールを空にしたころ、柳刃はカセットコンロとフライパンで十分もかからずシメを作った。

今夜のシメはホタテの貝柱を使ったチーズリゾットで、熱々の飯にしみたホタテの旨みとチーズのコクは呑んだあとにぴったりだ。

作りかたは驚くほど簡単で、フライパンに温めたパックご飯を入れて適量の湯をかけ、コンソメスープの素を入れる。そこにスライスチーズを好みの量足して全体を混ぜ、バターを加える。最後にホタテ貝柱の缶詰を汁ごと入れ、軽く煮立ったら塩で味を調え、粗挽きのブラックペッパーをかけるだけだという。

チーズリゾットを食べ終えて満足感に浸っていると、鉄板のむこうで火野が手招きした。そばにいったら火野は百円玉を四つさしだして、

「食後にデザートがほしいだろ。おやっさんとこで、たい焼買ってこい」

浩司は百円玉を受けとって隣の屋台にいった。もう七時をすぎて酒巻はそろそろ店じまいという雰囲気だったが、四ついいですか、と訊いたら、

「あいよッ」

威勢のいい声で答えた。

酒巻は軍手をはめた手で金型を手にすると、生地と餡を入れ、四つのたい焼を焼きはじめた。職人芸というべき手際に見とれていたら、がっちりした体形の男がきて、ひとつお願いします、といった。制服を着ていないからすぐにはわからなかったが、その顔を見たら警備員の泡乃雄大だった。

泡乃もこっちに気づいて、こんばんは、と微笑した。浩司も会釈して、

「もう仕事は終わったんですか」

「うん。きょうは早あがりのシフトだったから」

「ここのたい焼、めちゃくちゃ旨いですよね」

「絶品だよ。冷めるともったいないから、ここで立ち食いする」

「だったら、そこでいっしょに食べませんか」

浩司は柳刃の屋台のテーブルを指さした。

やがてたい焼が焼きあがると、泡乃を連れて屋台にもどった。浩司は柳刃たちにむかって、警備員の泡乃さんです、と紹介してテーブルについた。

火野がたい焼を頬張りながら、

「泡乃さんは、いいガタイしてるね。なにかスポーツやってるの」

「二年前に警備の仕事はじめてから、ジム通いをするようになったんで」

と泡乃はいった。ふうん、と火野はいって、

「立ち入ったこと訊くけど、前はなんの仕事？」

泡乃は大手電機メーカーの社名を口にして、研究開発の部署にいたと答えた。

電機メーカーの研究開発なら理系出身かと思って、大学はどこか訊いたら、都内

の国立大学の理学部物理学科卒だという。

すごいですね、と浩司はいったが、泡乃は首を横に振って、

「理学部はちょっと特殊だから、理系の文系とか就職無理学部って呼ばれてる。それで就活も苦労したんだけど、上司と衝突しちゃってね」

泡乃はいま二十九歳で、二十五歳のときに会社を辞めて中学の教師を目指したが、祖母が体調を崩し、その看病に追われて挫折したという。

「おばあさんの看病？　じゃあ、ご両親は――」

「ぼくが高一のとき、交通事故で亡くなった。それからはばあちゃんとふたりで暮らしてたけど、ばあちゃんも二年前に脳梗塞で――」

「それは残念でしたね」

「まあね。ばたばたしてるうちに二十代をむだにしたよ」

泡乃の重い過去に話が途切れた。

浩司はたい焼を食べ終えると、話題を変えようとして、

「そういえばニュースで、今週末に都内のイベントでテロを起こすって犯行予告がありましたよね。あんな報道があったら、警備も大変じゃないですか」

「うん。イベント最終日に桃原るいのコンサートがあるんで、よけい大変だよ」

桃原るいって、オタクにめっちゃ人気あるっしょ、と拓海がいった。

「前も握手会でトラブルあったし、やばい奴がまぎれこんできそう」

「上司から、じゅうぶん注意しろっていわれた。美食フェスが対象じゃないと思うけど、ぼくらにできることは限りがあるんで警察にもきてほしいよ」

警察も動きづらいでしょうね、と浩司はいって、

「都内のイベントって、たくさんあるから。ただのおどしならいいんだけど」

「最近は無差別殺傷事件が多いから気が抜けないよ。電車のなかでひとを刺したり、店で立てこもったり、大学の前で受験生に切りつけたり――」

「犯人には同情できねえけど、ちょっとだけ気持もわかるっす」

と拓海がいった。どうして？　と泡乃が訊いた。

「いまの社会って、いったんレールはずれたら、やりなおしがきかないでしょう。まわりから疎外されて金もなくて将来に絶望したら、最後になにかやらかしてやろうみたいな――」

「もう失うものがないってこと？」

「ええ。自分は失うものがないのに、まわりは幸せそうに見える。だからブチギレちゃうんじゃないかな」

「格差社会は孤立を生むからね。ひととのつながりが希薄なんだ」

「ネットで誰かとつながってても孤独な感じがしますよね。『いいね！』を押してもらうとうれしいけど、直接会えるわけじゃないし」

と浩司はいった。柳刃がまた口をはさむかと思って目をやると、屋台の外に佇んでタバコを吸っている。

泡乃と拓海に視線をもどしたとき、見おぼえのある初老の男が酒巻の屋台の前に立っていた。イサキフーズ社長の伊佐木満作だ。伊佐木はなにをしにきたのか、今夜も四十がらみの部下を連れている。

「もう帰るね。立場上、社長に見つかるとまずいから」

泡乃は小声でそういうと、急いで帰っていった。

伊佐木は店じまいをしている酒巻にむかって、

「おい、ここのたい焼はどうなってるんだッ」

野太い声で怒鳴った。酒巻が日に焼けた顔をあげて、たい焼がどうしたって？

と訊いた。伊佐木は続けて、

「うちの従業員から、さっき相談があった。ここのたい焼をきのう土産に買って帰ったら、子どもが食中毒を起こしたってな」

「妙ないいがかりつけるなィ。あっしは自分の屋台持って六十年近いが、客が腹こわしたなんてこたあ一度もねえ」

「いままでがそうでも、今回はちがう。医者の診断書もあるんだ」

「きのうきた客ならおぼえてる。その従業員てのは誰だィ」

「テキヤなんかに個人情報を教えられるわけないだろう」

「どこの誰だかわかんねえんじゃ、食中毒がほんとかどうかも怪しいもんだ」

「そんな強がりいっていいのか。保健所に通報したら営業停止だぞ」

柳刃と火野が屋台を飛びだしていき、酒巻を守るように立ちふさがった。伊佐木は鼻を鳴らして、またおまえらか、といった。

「おまえらのお好み焼も保健所の立入り調査が入ったら、営業停止だろうな」

「その子どもが食中毒と診断されたのはいつだ」

と柳刃が訊いた。伊佐木は部下を呼んで、ひそひそしゃべってから、

「きのうの午後六時だそうだ」

「だったら通報するもなにも、保健所にはとっくに連絡ずみだろう」

「どういうことだ」

「食中毒と診断されたのがきのうの六時で、いまは七時半。すでに二十四時間以

上が経過しているからだ」

「意味がわからん。要点をいえ」

「患者が食中毒だと診断した医師は夜間、休日、祝日を問わず、二十四時間以内に保健所に届けでるよう食品衛生法で定められている。何軒も店をやってて、そんなことも知らないのか」

伊佐木は厚ぼったい顔をゆがめて、うるさい、といった。

「保健所への通報がいつだろうと、このたい焼屋は食中毒をだしたんだ。みんなツイッターにいろいろ書くから炎上する。風評被害で潰れるぞ」

「その前に、食中毒が事実だと証明しろ」

「証明なんて必要ない。いまどきの連中は噂だけで動く」

柳刃がなにかいおうとしたが、酒巻が割って入って、

「あっしにどうしてほしいんだ」

「風評被害で潰れる前に引退しろ。あんたみたいな年寄りが、外で商売するのはつらいだろう」

「よけいなお世話よ。歳がいくつだろうと、外で商いするのがテキヤだィ」

「そうやって意地を張るがいいさ。食中毒をだしておきながら、このままですむ

と思うなよ。もうじき屋台を手放したくなるぞ」

伊佐木はなぜか、こっちをじろりとにらむと肩を怒らせて帰っていった。

あの野郎ッ、と火野が毒づいて、

「食中毒なんて、でたらめ抜かしやがって」

「でたらめでも妙な噂を流されちゃ、人聞きが悪《わり》ィや」

と酒巻がいった。火野は眉間に皺を寄せて、

「おやっさんやうちの屋台に、伊佐木はなぜ執着するんでしょう。美食フェスが終わったら、このへんに用はないはずなのに」

「執着する理由はともかく、あいつはまたなにか仕掛けてくるだろう」

と柳刃がいった。

「おれたちで食い止めますが、おやっさんも気をつけてください」

「あっしはへっちゃらさ。客がひとりでもいる限り、屋台は閉めねえ」

柳刃たちと酒巻は真剣な表情で話しこんでいる。伊佐木とのトラブルがいよいよ本格化しそうだから不安になって声をかけたが、

「心配ねえ。おまえたちはもう帰れ」

火野にそういわれて屋台をあとにした。

上野駅へむかう途中、やべえな、と拓海がつぶやいて、

「さっき社長が帰るとき、こっちをにらんでただろ。おれに気づいたかも」

「おまえは前にいったじゃん。社長は下っぱの顔なんか、おぼえてないって」

「うん。でも、けさ店にきたんだよ。売上げが悪いって店長が叱られてて、その横におれもいたから」

「柳刃さんたちと仲がいいって思われたら、とばっちりがきそうだな」

「そうなんだよ。もしなんかいわれたら、おまえがダチだから屋台に寄っただけっていうけどな」

拓海と別れて電車に乗り、いまなにしてる？　と彩芽にラインを送った。屋台の手伝いを続けることになったのを説明したかったが、既読がついただけで返信はない。彩芽はきょう帰るところを見かけなかっただけに、どうしているのか気になった。

その夜、アパートに帰っても不安は去らなかった。

伊佐木は、なぜ酒巻の屋台を追いだしたいのか。理由はわからないが、柳刃はまたなにか仕掛けてくるだろうといった。トラブルに関わりたくないと思う一方

で、酒巻の屋台を守りたいという気持もある。とはいえ自分にできることなど、なにもない。

隣室のセイウチがまた「恋するフォーチュンクッキー」を歌いだした。今夜は浴室で歌っているらしく、豚の悲鳴にエコーがかかっている。これを録音してユーチューブにアップすれば再生回数が稼げそうだが、本人にばれるのが怖い。

ユーチューブといえば「探検！　ハムローちゃんねる」の更新は止まったままだ。屋台の手伝いが終わりしだい活動を再開したいから、今後の予定を考えているとスマホが鳴った。相手は彩芽で電話にでたとたん、

「なんで嘘ついたの」

尖った声をあげた。

「きょう柳刃さんの屋台にいたじゃん」

「嘘ついたんじゃない。ちゃんと説明しようと思ったけど、ライン既読スルーしただろ」

「頭にきたからよ。もう辞めるっていったのに」

「だから理由があるんだよ。ニュースで無差別テロの犯行予告があっただろ。もし美食フェスが狙われたらって思ったら、彩ちゃんのことが心配で――」

「それが理由？　葉室くんが屋台にいたって、会場でなにかあってもわかんないじゃん」

「かもしれないけど会場に近いし、中途半端に辞めたくなかったんだ」

「じゃあ勝手にすれば。わたしはもう知らない」

「なんでそんなに柳刃さんたちを嫌うんだよ」

「わたしがバイトしてる会社に、きのうイサキフーズから通達があったの。会場出口に反社会的勢力の屋台があるので、関わらないよう注意してくださいって」

「それは伊佐木って社長のでっちあげさ」

「イサキフーズの社長が、なぜでっちあげなんかするの」

「理由はわかんないけど、前から揉めてるんだよ。酒巻さんや柳刃さんの屋台を追いだそうとしてて――」

「そういうトラブルに関わるから厭なの」

「それだけじゃなくて、おれが厭なんだろ」

「なにそれ？」

「彩ちゃんのおやじさんはセレブだし、自分は大手の会社に内定してる。底辺ユーチューバーのおれなんかとつきあうのが厭になったんだろ」

はー、と彩芽は深い溜息をついて、

「そんなこと考えてたんだ――なんか悲しい」

「はっきりいえよッ。別れたいなら別れたいって」

つい興奮して大声をあげたとたん、どんどんどん、と隣室から壁を叩く音がした。かッとなって壁を叩きかえしたら、まもなく玄関のドアが、ばーんッ、と音をたてて開いた。鍵をかけるのを忘れていたと青ざめた瞬間、セイウチの巨体が玄関に入ってきた。

⑤ イタリア、スペイン、そして岡山の超激ウマ料理

このところ晴れの日が続いたが、空には灰色の雲が重く垂れ、吹く風は肌寒い。天気のせいか美食フェスはひまそうで、会場の出口からでてくる客はまばらだ。屋台もさすがに客がすくなく、いちばん忙しい昼どきでさえ行列ができない。

火野はいつもどおり変装して外出した。柳刃はタバコを吸いながら通りを眺め、隣の屋台では酒巻が椅子にかけて新聞を読んでいる。

浩司も手持ちぶさただったが、なにもしないでいると気が滅入るから、床を掃いたり調理器具を拭いたりした。そんな作業の合間にも、ゆうべのことが思いだ

されて、無意識に溜息が漏れる。セイウチが乱入してきた瞬間を思いだすと、いまだに鳥肌が立つ。

赤いチェックのシャツをジーンズにインしたセイウチは玄関に仁王立ちして、こっちをにらんだ。度の強いメガネの奥の目がうつろで、狂気を感じさせる。

「いいかげんにしろよ。おれを怒らせると大変なことになるぞ」

セイウチは抑揚のない声でいって、のしのしと自分の部屋にもどった。

ひとまず無事にすんだことに安堵してスマホを手にすると、電話は切れていた。何度かけなおしてもつながらず、彩芽にはもう愛想をつかされた気がする。

彩芽から聞いたイサキフーズの通達は、けさ柳刃たちに伝えた。屋台が二軒ともひまなのは天気のせいだけでなく、反社会的勢力という噂を流されたのが原因かもしれない。

「彩芽ちゃんがイサキフーズの通達を聞いたのは、きのうだろ。伊佐木の野郎は、おやっさんに難癖つける前からデマを流してたんだ」

火野は険しい表情でそういって、

「食中毒だの反社だの、好き勝手なこといいやがって。おやっさんの屋台に影響がでるのは許せねえ。どうします、兄貴」

動くのはまだ早い、と柳刃はいった。

「もうすこし待つんだ」

柳刃たちが動くとは、なにを意味するのか。心配事が多すぎて、考えても頭が働かない。そんな状況だけに食欲はなく、火野がもどってくると昼のまかないは遠慮して休憩にいった。考えたら朝食も食べていない。

ゆうべは彩芽にひがみっぽいことをいってしまった。いまさら悔やんでも遅いが、セイウチの乱入でちゃんと話せなかったのが心残りだ。彼女との関係が修復できるかどうかはべつにして、ひとまずあやまりたい。

美食フェスの会場に入って彩芽を捜すと、野外ステージのそばに立っていた。ステージ上では見知らぬ俳優のトークショーがおこなわれているが、観客はわずかしかいない。彩芽はこっちに気づいてないし隣に女性スタッフがいるから、声をかけるのはあきらめた。

そのあと海鮮マエストロ満作のブースにいった。けれども拓海はおらず、ブースのそばを九条が大学生くらいの女の子ふたりと歩いていた。会場を案内しているようだが、女の子たちは顔を上気させ、きゃあきゃあはしゃいでいる。九条の人気ぶりに、あらためて劣等感をおぼえた。

とぼとぼと屋台にもどったら、いつもまかないを食べるテーブルに火野がいた。柳刃は屋台のなかで鉄板を磨いている。火野が訝《いぶか》しそうな表情で、

「もう休憩終わりか、まだ休んでていいぞ、きょうはひまだからな」

「いえ、大丈夫です」

「なんか様子が変だな。昼飯も食わねえで、どうしたんだ」

「――ちょっと悩みがあって」

「ははん、彼女のことだな」

火野はにやりと笑った。浩司はうなずいて火野のむかいに腰をおろすと、

「ゆうべ電話でケンカしちゃって――」

「理由はなんだ」

彩芽が屋台の手伝いを厭がっていたとはいえないから、

「いろいろ理由はあると思います。でも結局は、おれがだめなせいです。生活が安定してなくて将来性もないし――」

「しょうがねえだろ。おまえはまだ若いんだから」

「でも魅力ないですよね。イケメンで金がある奴には勝てないですよ。だいたいおれ、いままでモテたことないし」

思わず溜息をついたとき、柳刃が鉄板を磨く手を止めて、

「相手になぜ見返りを求める」

「見返り？」

「自分を好いてもらおうとするから、それが満たされないと苦しむ。相手のことがほんとうに好きなら、それでじゅうぶんじゃないか」

「片想いで我慢しろってことですか。相手にも好いてほしいと思うのは、自然だと思いますけど」

「理想はそうだろう。しかし容姿や金に惹かれる相手なら、いくら追いかけてもむだだ」

「どうしてですか」

「上には上がいるからだ。いったん好いてもらったと思っても、もっと容姿がよくて金がある奴があらわれたら、相手はそっちに気持が移る」

「それは悲しいですね」

「悲しくても、相手の望みをかなえてやるのが真の愛情だろう」

柳刃はそういうと屋台の外にでてタバコに火をつけた。火野がテーブルに身を乗りだして、あんま気にすんなよ、といった。

「兄貴の考えは、ちょっと極端だからな」

夕方になっても空は曇ったままで、風は一段と冷たくなった。客はいくぶん増えたものの、風評被害の影響がないか気になる。スマホで検索した限りでは、酒巻と柳刃の屋台を名指しするコメントは見あたらなかった。けれども伊佐木は自分の会社から通達をだすくらいだから、ほかでも誹謗中傷をしているかもしれない。

曇り空だけに暗くなるのは早く、屋台は六時前から裸電球を灯している。柳刃はさっさと店じまいして、火野とまかないの準備をはじめた。

浩司はテーブルに頰杖をついて、落ち葉の舞う歩道を見つめた。ゆうべのことを彩芽に詫びたいが、まだ連絡はとっていない。柳刃はきょう話したとき、

「容姿や金に惹かれる相手なら、いくら追いかけてもむだだ」

といった。彩芽がもし九条を好きだとしたら、容姿や金に惹かれているのか。もっともそれらに惹かれるのは当然だろう。だからこそ多くのひとびとがダイエットや整形をしたり、さまざまな金儲けに精をだしたりする。

むろん容姿や金がすべてではなく、恋愛においては愛情がいちばん大切だ。し

かし相手の容姿や金が目当てなら、それは愛情と呼べるのか。

柳刃は「相手の望みをかなえてやるのが真の愛情だろう」ともいった。それを実践した場合、相手が別れたがったら、すなおに応じることになる。柳刃の恋愛観は、火野がいったように極端でよくわからない。

お疲れ、と拓海がいってテーブルのむかいに腰をおろした。やけに疲れた表情だから、なにかあったのか訊くと、

「いや、なんでもない。ひますぎてくたびれた」

「うちもひまだった。おまえんとこの社長が妙な噂を流したせいかも」

「妙な噂って？」

「ゆうべ彩ちゃんに聞いたんだけど、イサキフーズはイベント会社に通達をだしたんだよ。会場出口の屋台は反社会的勢力だから関わるなって」

「マジか。やりかたがえぐいな」

「たぶん、ほかの会社にもおなじ通達を流してると思う」

「店長の話じゃ、社長はとにかく強引なんだって。そうでなきゃ、いっぺん会社潰れてるのに急成長できねえよな」

「え、イサキフーズって前に倒産したのか」

「イサキフーズじゃなくて、社長が前にやってた会社だろ。よく知らねえけど」

火野が大きな紙皿を運んでくると、それをテーブルに置き、

「なに話しこんでんだ」

と訊いた。紙皿には濃い赤が美しい刺身が扇形に盛られ、スライスした玉ネギとカイワレ大根が添えてある。火野は続けて、

「できたぞ、って兄貴がいったのが聞こえなかったのか」

浩司と拓海はあわてて缶ビールとグラス、もうひとつの紙皿をとりにいった。紙皿には大きなマッシュルームがいくつも盛られている。マッシュルームは軸の側が上になっており、そこに具材が詰めてある。

朝からなにも食べていないから、さすがに腹が減った。浩司と拓海は缶ビールをグラスに注いで、いただきます、と声をあげた。

はじめに刺身を食べてみると、マグロだとわかった。マグロは回転寿司でしか食べたことがないが、それよりも色が濃く身がしまっている。醬油ではなく塩味で、コクのある味わいはトロを思わせる。玉ネギとカイワレ大根をいっしょに食べたら、ほのかな辛みにマグロの風味がひきたつ。

次に食べたマッシュルームはやけどしそうなほど熱く、嚙むと旨みたっぷりの

汁があふれてくる。具材はなにかわからないが、ニンニクがきいていて濃厚な味わいにビールが進む。柳刃になんという料理か訊くと、

「マグロのカルパッチョとマッシュルームの鉄板焼だ」

「カルパッチョってイタリア料理ですよね。ファミレスで食べたことあるけど、あんま印象に残ってないな」

こんな旨いマグロ、はじめて食った、と拓海がいった。

「ガキのころ、うちのおふくろがスーパーで買ってくるマグロはべちゃっとして水っぽいんだよ。それでマグロは好きじゃなかったんだけど――」

「スーパーのマグロでも、下処理をすれば身がしまる」

と柳刃がいった。

「まず解凍したマグロのサクにまんべんなく塩を振り、二十分ほど待つ。そのあいだに浸透圧で、マグロからよけいな水分が抜け、色も濃くなる。水分を抜けやすくするには皿に載せた網の上に置いたり、皿を傾けたりしてもいい。二十分ほど経ったら冷水で表面を洗い流し、キッチンペーパーで水気を拭いて好みの厚さに切る」

「そんな方法があるんだ」

と浩司はつぶやいた。柳刃は続けて、

「醤油で食べる場合は、切る前に塩分濃度の低い水に浸けて塩抜きをするが、カルパッチョはそのままでいい。あとは水にさらした玉ネギ、カイワレ大根を添え、全体にオリーブオイルをかければ完成だ」

「このマグロにトロみたいなコクがあるのは、オリーブオイルなんですね」

火野が冷蔵庫からマヨネーズを持ってきて、

「邪道かもしれねえが、これをつけると、もっとトロみてえな味になるぞ」

「マジですか」

さっそく試してみたら、たしかにトロに似た味がする。拓海は目を見張ると、
大発見じゃないすか、といって、

「これをもっと研究して調味料を開発したら、億万長者っすよ」

とっくにある、と柳刃はいって、

「マヨネーズにヒントを得て、マグロの赤身をトロのような味にする調味料は過去に商品化された。一般家庭には浸透しなかったが、業務用でネギトロに使う店もある」

続いてマッシュルームの鉄板焼の作りかたを柳刃に訊くと、

「まず大ぶりのマッシュルームを用意する。マッシュルームは軸をとり、軸はみじん切りにする。それからニンニク、パセリ、生ハムもみじん切りにして、軸とボウルで混ぜる。生ハムは、できればイベリコベジョータがいい」

「イベリコベジョータ？」

「スペインのイベリコ豚から作られた生ハムだ。このマッシュルームの料理は、やはりスペインのセゴビア地方が発祥だといわれているからな」

「おなじ産地を選んだんですね。で、次はどうすれば——」

「マッシュルームの軸をはずした部分に、ボウルで混ぜた具材を詰める。そのあと、オリーブオイルを多めにひいたフライパンで焼く。ガスは中火でじゅうじゅう音がしだしたら白ワインを振り、蓋をして蒸し焼きにする。マッシュルームがひとまわり縮んだくらいで火を止め、塩を少々と粗挽きのブラックペッパーを振って完成だ」

「すごく凝った料理に見えるのに、意外と簡単なんですね」

「スペインでは、専門店があるほど人気のタパスだ」

「タパス？」

「小皿でだす軽いつまみだ。本場はオーブンで焼く場合が多い。レモンを絞って食うのも旨い」

マグロの赤身とマッシュルームという平凡な食材が、ちょっとした工夫でこれほど旨くなるとは驚きで、料理の奥深さを感じる。料理系のユーチューバーは多いから競争率は高いが、新たな切り口を見つければ人気がでるかもしれない。そう思ったら、すこし元気がでてきた。

ビールを呑み干したころ、火野がまた赤ワインのボトルとワイングラスを持ってきて、へへへ、と笑った。

「マグロには赤ワインがあうぞ。もちろんマッシュルームにもな」

「でも、また酔っぱらっちゃうと困るんで」

「酔う前に切りあげりゃいいだろ。適量を知るのも酒呑みのたしなみだぜ」

火野にうまいこと勧められて赤ワインを呑むと、マグロとマッシュルームに驚くほどマッチする。ほろ酔いでいい気分になっていると、柳刃は鉄板でなにか焼きはじめた。気になって見にいったら、焼肉屋で見るホルモンのようなものをヘラで転がしている。

「それはホルモンですか」

柳刃はうなずいて、国産牛の大腸と丸腸だ、と答えた。

「ホルモンから脂がでるから、油はひかず強火で焼く」

ホルモンからすこし離れたところでクシ形に切った玉ネギ、五センチほどの長さに切った白ネギを炒めているから理由を訊くと、ホルモンの焦げた苦みを玉ネギと白ネギに移さないためだという。

「家庭で作るときは、炒めたホルモンをどけてフライパンを洗い、そのあと玉ネギと白ネギを炒めて火が通ったら、ホルモンをもどす」

「それはわかりましたけど、なにを作ってるんですか」

浩司がそう訊ねたとき、火野がうどんがたくさん入ったボウルを持ってきた。

柳刃はうどんを鉄板にあけると、ホルモンと玉ネギと白ネギに混ぜて、

「ホルモンうどんだ」

「ホルモンうどんって――」

「発祥は岡山県津山市といわれているが、いまは岡山県の名物だ」

柳刃はそういうと、あらかじめ作ってあったタレをうどんと具材にまわしがけした。タレがジャーッと音をたて、香ばしい匂いがたちのぼった。柳刃は二本のヘラでうどんと具材にタレをからめてから四つの紙皿に盛り、青海苔をふりかけて紅ショウガを添えた。

「急げ急げ。ホルモンうどんは熱々が旨いぞ」

火野に急かされて紙皿をテーブルに運び、さっそく食べはじめた。大腸と丸腸はぷりぷりした食感で、舌の上で脂がとろける。ホルモンの脂を吸った玉ネギと白ネギ、青海苔と甘辛いタレがからんだうどんはこたえられない旨さだ。箸休めの紅ショウガをつまんで食べると、まったく飽きがこない。

「あー、たまらん。またビールがほしくなるー」

と拓海がいった。だよな、と火野が頬をゆるめて、

「ダブル炭水化物だけど、飯にもすげえあうぞ。いるならレンチンしてこい」

浩司は拓海と顔を見あわせると席を立ち、パックご飯をレンジで温めた。ホルモンうどんをご飯といっしょに食べたら、別次元の美味しさに背徳感をおぼえたが、たちまち完食した。浩司は柳刃にむかって、

「ホルモンとうどんの相性もいいけど、このタレが味の秘密ですね」

「きょうは岡山市の石井食品が作っている『津山ホルモンうどんたれ』に、生のおろしニンニク、すりゴマ、一味唐辛子を混ぜた。もっと簡単に作るなら、辛口の焼肉のタレに醤油と味噌を混ぜればいい」

浩司はいままで聞いたレシピをスマホのメモアプリに入力した。柳刃は食事を

終えて、屋台の外でタバコを吸っている。

「マグロのカルパッチョはイタリア、マッシュルームはスペイン、ホルモンうどんは岡山。チョイスがおもしろいな」

「兄貴は発想が自由なんだよ」

と火野がいった。浩司は笑って、

「めっちゃ頑固そうに見えますけど」

「そりゃ頑固だよ。自分の信念はぜったい曲げねえ。でも、それ以外は柔軟さ」

「自分の信念ってなんですか」

「弱きを助け、強きをくじく。任侠《にんきょう》の心よ」

「任侠っていうと、ヤクザみたいな感じがしますね」

そういってから、しまったと思って顔がひきつったが、火野は怒るでもなく、

「おまえは誤解してるみてえだが、兄貴とおれはヤクザじゃねえぞ」

「疑ってたわけじゃありませんけど、信じていいんですね」

そのいいかたは疑ってるじゃねえか、と火野は苦笑して、

「心配すんな。嘘じゃねえ」

「じゃあ、どうして任侠と？」

「任侠ってのは生きかただ」

「生きかた――」

「ひとのために平気で損をできることよ」

そのとき拓海のスマホが鳴った。拓海はスマホの画面を見るなり、

「すみません。急用ができたんで帰ります」

「そうか。じゃあ、またあしたな」

と火野がいった。拓海は立ちあがって浩司のそばにくると、

「おまえもこいよ。話があるんだ」


柳刃と火野にまかないの礼をいって屋台をでると、拓海は人目を避けるように腰をかがめて歩いていく。どこへいくのかと思ったら、美食フェスの出口からなかに入った。まもなく閉場だから客たちがぱらぱらと帰っていく。

「イベントはもう終わりだろ。どこへいくんだよ」

「いいから、ついてこいって」

不審に思いつつ拓海についていった。やがて野外ステージの横にある楽屋らしいプレハブの建物の前にきた。拓海がドアをノックするとスーツを着て顔にマス

クをした男が顔をだして、どうぞ、といった。

建物のなかは思ったとおり楽屋で、鏡つきの化粧台がならび、姿見やロッカーがある。奥にテーブルと椅子があり、そこにいる初老の男を見たとたん、体がこわばった。

「おう、きたか。まあ座りなさい」

伊佐木満作は笑みを浮かべて手招きした。予想外の事態にとまどったが、拓海に腕をひっぱられて、しぶしぶむかいの椅子にかけた。

拓海が隣に座ると伊佐木はこっちを見て、

「拓海くんとは大学の同級生なんだって?」

「ええ」

「柳刃や酒巻みたいな暴力団と関わってると、将来に響くぞ」

「柳刃さんたちは暴力団じゃありません」

「なら、そう思っておけばいい。ところで、あんな屋台の手伝いをするってことは、飲食に興味があるんだろう」

「あるのはありますけど――」

「だったら、うちで働いてみないか」

「えッ」

「驚くのも無理はない。おれが目の敵《かたき》にしてる屋台で働いてるきみを、正社員としてスカウトしようというんだからな」

「どうして、おれを？」

「うちはいま幹部候補生を探してるんだが、適当な人材がいなくてね。求人しても面接にくるのは、学歴も意欲もない奴ばかりだ。その点、きみと拓海くんはちゃんとした大学をでてるし、年齢も若い。ふたりでがんばってもらえないかと思ってな」

伊佐木は、なにをたくらんでいるのか。浩司はすこし考えてから、

「こんなことというと悪いですけど、イサキフーズはブラック企業だって噂が――」

「うちの会社は、たしかにブラック企業だ」

伊佐木は笑みを消さずにいった。

「おれは徹底的に利益を追求するからな。社員にはきびしいし、飲食店としてのクオリティもほめられたもんじゃない。それでも東京には千四百万近い人間がいる。店を開けておくだけで、客は次から次へとやってくる」

「でも飲食業をやるなら、安くて美味しいものをだすべきじゃ――」

「飲食業は慈善事業じゃないんだ。まず利益をださなければ、なにもはじまらん。客にサービスして会社が潰れたら、元も子もないぞ」

「それはそうですけど」

「もっと旨いものをだすのは簡単だが、原価率と人件費を考えるとやむをえん。ただし、がんばった社員に報酬は惜しまん。幹部になれば二十代でも年収一千万以上払う。そもそも、がんばって働く気がない連中にとっちゃ、どこの会社だってブラック企業さ。どうだ、やってみないかね」

伊佐木がいうことにも一理あるし、報酬も魅力的だ。すこし心が揺れたが、なにか裏がありそうだった。口をつぐんでいたら伊佐木は続けて、

「きみたちが入社するにあたっての条件は、ひとつだけ。おれに忠実なことだ。それを試すために頼みたいことがある。段取りは拓海くんに伝えてあるから、しっかりやってくれ」

「そうおっしゃられても、まだなにも決めてません。それに、なにをやれっていうんですか」

「あとで拓海くんに聞け。拓海くんによれば、きみはユーチューバーだそうだな。

だったら有名になりたいだろう」

「まあ、ある程度は」

「じゃあチャンスをつかめ。うちの社員にならなくても、おれの依頼を実行してくれたら、報酬はひとり百万だ」

伊佐木はそういうと、もう帰れといいたげに片手をあげた。

楽屋をでたら雨が降っていた。

「あの社長に、なにを頼まれたんだよ」

拓海に訊いたが、もうちょい待て、と答えを渋る。拓海は美食フェスの会場をでると、木陰にあるベンチに腰をおろした。

「怒んないで聞いてくれよ」

拓海はそう前置きしてから、バイトテロをやれってさ、といった。

「バイトテロ？」

「うん。柳刃さんか酒巻さんの屋台だと特定できるように撮影して、ネットにアップしろって」

「なにを撮影すんだよ」

「たい焼やお好み焼の材料にゴミとか虫とか入れて――」

「ふざけんな。そんなことできるかよ」

「誰かに頼んでやらせてもいいって」

「無理。つうか、なんで伊佐木は柳刃さんたちと酒巻さんに執着するんだ」

「あの屋台を立ち退《の》かせて、フードショップをだすっていってた。社長は酒巻さんの営業権がほしいんだ」

「で、おまえはバイトテロを引き受けたのか」

「引き受けなきゃクビになるから――」

「バイトテロって犯罪だぞ。ばれたら警察に捕まるし、損害賠償もさせられる。だいたい柳刃さんや酒巻さんに、そんなことできるのかよ」

「おれだってやりたくねえ。でも、このままじゃ底辺から抜けだせない。百万もらえて正社員になれたら――」

拓海は唇を噛んでうなだれた。

⑥ 旨すぎる秋の味覚と本ワサビで食す極上ステーキ

翌日は雨があがって、どちらの屋台も忙しかった。きのうひまだったのは風評被害ではなく、天気のせいだったようで安堵した。

浩司はいつになく気分がよく、きびきびと働いた。火野が首をひねって、

「やけに張りきってんな。なにかいいことでもあったのか」

「いえ、べつに」

と答えたが、自然と頬がゆるむ。

ゆうべアパートに帰ってから、彩芽に長文のメールを送った。おととい感情的

になったのを詫びて、彼女に対する気持を綴《つづ》った。さらに柳刃と火野はヤクザではないと信じていること、伊佐木が風評被害を起こすためにデマを流し、二軒の屋台を立ち退かせようとしていることを説明した。

彩芽に伝えたいことをぜんぶ書いたら、胸がすっきりした。けれども、これで無視されるようなら、もうだめかもしれない。

そんな不安にそわそわしていると、彩芽から返信があって「葉室くんのこと、いろいろ誤解してて、ごめんなさい。わたしも誤解されるような行動をしてた。あしたバイトが終わってから、ゆっくり話そう」とあった。

どうやら仲なおりできそうな文面にほっとして、全身の力が抜けた。ただ、わたしも誤解されるような行動をしてたとは、九条のことなのか、それともべつのことなのか気になった。

拓海はゆうべ帰り道で、伊佐木の依頼は断るといった。

「やっぱバイトテロなんてできねえよな。バイトはクビになるだろうけど」

「クビになったら、あの社長がいったことをネットに流して炎上させようか」

「無理だよ。証拠がねえもん」

「じゃあ、柳刃さんたちに相談しよう」

「やめてくれ。おれがバイトテロをいったん引き受けたのを知られたくねえ」

拓海がそういうから、バイトテロの件は彩芽にも伏せておいた。拓海のことは心配だけれど、あんな社長の下で働いてもろくなことはない。もしバイトをクビになったら、今後どうするかはいっしょに考えるつもりだった。

火野はきょうも変装してでかけたが、客が荷物を忘れて帰ったので、それを追いかけていったとき、火野が美食フェスの会場に入っていくのが見えた。

火野が毎日でかけていたのは美食フェスの会場にいくためだとすると、いったいなにが目的なのか。もっとも行き先がいつもおなじとは限らない。

昼のまかないは、缶詰のツナとお好み焼に使うコーンを使った丼だった。柳刃に聞いたレシピによると、油を切ったツナをコーンとボウルに入れてマヨネーズをたっぷりかけたら、軽く塩コショウを振り、醬油をすこし垂らして全体を混ぜる。それを飯に載せて、刻んだ青ネギと刻み海苔をちらせば完成というお手軽なメニューだ。とはいえツナはもちろんコーンもマヨネーズとあうし、ぷちぷちした食感と甘さが加わってツナマヨおにぎりをしのぐ旨さだった。

まかないを食べたあと休憩しようかと思ったが、客が多かったので休まず働いた。夕方近くにようやく手があいたとき、やっぱ変だな、と火野がいって、

「なんでそんなに元気なんだ。きのうは彩芽ちゃんとケンカしたって昼飯も食わなかったのに」

ずっと隠しておく必要もないから、彩芽と仲なおりできそうだと答えた。

「きょうの夜、彼女と会うんです」

「じゃあ、ここに呼べよ。おまえの手伝いは、あしたで終わりだしな」

「あ、そうですね。忘れてました」

屋台を手伝うのは最初のうち気乗りしなかったが、あしたで最後だと思ったら名残惜しい。火野は続けて、

「おまえの送別会と仲なおりの祝いを兼ねて、とびきり旨いまかないを食わせてやるぜ。いいですよね、兄貴」

柳刃はうなずいてメモ用紙にペンで走り書きすると、火野を手招きしてそれを渡した。火野は食材を買いにいくらしく、まもなくエコバッグを持って屋台をでていった。

夕暮れどきになると柳刃は屋台を閉めて、まかないの準備をはじめた。まかないはいつも絶品なのに、火野がとびきり旨いというからには、どんなメニューな

のか楽しみだ。彩芽とはラインでやりとりして、ここで待ちあわせた。

拓海はもうじきくるだろうと思ったが、ゆうべのことが気になるから電話して、バイトはどうなったのか訊いた。拓海は張りのない声で、

「まだクビにはなってねえ」

「よかった。きょうのまかない、とびきり旨いらしいぞ」

「食いたいけど、きょうはいけねえんだ。いまから、べつの店を手伝いにいく」

「え？　いままでそんなことなかったよな。もしかして厭がらせされてるのか」

「そうじゃねえ。忙しいから、またな」

伊佐木の依頼を断ったせいで、拓海は肩身のせまい思いをしているのかもしれない。今後のことが心配だが、拓海に口止めされているから柳刃たちには相談できない。どうしたらいいのか考えていると、火野に肩を叩かれた。

「なにぼんやりしてんだ」

「ちょっと考えごとを――」

「おやっさんを誘ってこい。たまにはいっしょに呑みましょうってな」

「でも酒巻さんは、いつも仏壇の前で晩酌するっていってました」

「亡くなった奥さんの仏壇だろ。そんなこたあ知ってるから、早くいってこい」

浩司は隣の屋台にいって、酒巻をまかないに誘った。

「女房にゃ悪いけど、たまにはごちになるか」

酒巻は皺深い顔をほころばせて、片づけがすんだらいくよ、といった。

柳刃の屋台にもどったら、ちょうど彩芽がきたところだった。浩司は笑顔をむけたが、彼女の後ろに九条がいた。こんなときまで、なぜ九条を連れてくるのか。複雑な気分になっていたら、火野が耳元でささやいた。

「めんどくせえ話は先に片づけろよ。料理の味がわかんなくなるからな」

浩司がテーブルにつくと隣に彩芽が座り、そのむかいに九条が座った。気まずい雰囲気に沈黙していたら、彩芽が口を開いた。

「実は、九条くんに就職の相談してたの」

「就職って誰の？」

「葉室くんの」

「え、どういうこと？」

「九条くんのおとうさんが制作局長をしてるサイバーテイストで、ウェブ関連の営業が人手不足で困ってるって聞いたの。公には求人してないけど、若いひとを探してるそうだから、葉室くんがやってみないかなと思って」

「どうして、おれが？」

「だって葉室くんはホテル業界にいたし、ユーチューバーになるくらいだから、営業やウェブの仕事はむいてるんじゃない？」

九条はいつものさわやかな笑みを浮かべて、

「パパにはもう話を通してあるから、あとは担当者の面接だけ。はじめは契約社員だけど、実績を作れば正社員になれるみたい」

「それってコネ入社みたいなこと？」

「ぼくの口利きって部分もあるけど、それだけじゃないよ。葉室くんはせっかく大手のホテルチェーンに入社したのに、コロナのせいで希望退職させられたっていったら、パパは気の毒がってた。パパはホテルチェーンのこともよく知ってて、あの会社に採用されたのなら信頼できそうだって」

「ごめんね。勝手に話を進めちゃって」

「なんで、いままで黙ってたの」

「ある程度話が進んでから、打ちあけるつもりだったの。葉室くんを驚かせたくて――」

「でも、そんないい話なら、九条くんがやればいいのに」

「ぼくはちがう仕事がやりたいから。っていっても、なにがやりたいのか、まだわかんないけど」

彩芽がバイト帰りにいつも九条といたのは、就職の話を進めるためだとわかって、嫉妬した自分が恥ずかしくなった。彩芽の思いやりと九条がそれに協力してくれたことにも感謝した。浩司は大きく息を吸ってから、

「おれ、ぶっちゃけ九条くんにやきもち焼いてた。ごめん」

そうだったんだあ、と彩芽はいって、

「九条くんはすごくイケメンだし話もあうけど、タイプじゃないもん、あ、九条くん、ごめんね」

「ううん。ぼくって、あんまり恋愛に興味ないから」

「でも、むちゃくちゃモテるっしょ。もったいねえじゃん」

「モテるのはモテるけど、ぼくの見た目とか女子と趣味が近いとか、そういうのが理由だと思う。ぼくの内面を好きになってくれたわけじゃない」

「ぼくの内面って、どういうの？」

「うーん、うまくいえない。ただ小心者で根暗で自分に自信がないよ」

「おれだって似たようなもんさ。気にしなくていいよ」

「葉室くんは、ちょっと気にしたほうがいいと思うけど」

彩芽はそういって笑い、サイバーテイストはどうする？　と訊いた。

若者にも人気があるサイバーテイストの仕事ができるのは願ってもないチャンスだ。が、自分はなにもしていないのに、ふたりの親切に甘えていいのか。そんな疑問が湧いた。もっとも、まだ採用されると決まったわけではない。

「面接受けるでしょ」

と彩芽に訊かれて、ぎごちなくうなずいた。

柳刃は鉄板でなにかを焼きはじめ、火野はその手伝いをしている。屋台を閉めた酒巻がやってきて、やあ、待たせちまったな、と笑顔でいってテーブルについた。火野がトレイに載せた缶ビールとグラスを運んできて、

「おやっさんも見えられたし、そろそろはじめようぜ」

といった。待ってください、と彩芽がいって、

「あやまらなきゃいけないことがあるんです」

「なにをあやまるんだい」

と火野が訊いた。彩芽は伏し目がちになって、

「わたし、柳刃さんと火野さんのことをヤクザだと思ってて——葉室くんに屋台の手伝いを辞めてほしいっていったんです」

「ぼくも怖いひとかなって思ってました。すみません」

九条がそういって頭をさげた。なんだ、そんなことか、と火野は笑って、

「テキヤとヤクザを混同するのはよくあるし、兄貴とおれはほめられた人相じゃねえからな。あやまることなんかねえよ」

「でも柳刃さんと火野さんには葉室くんがお世話になってるのに、わたしは常識的な考えしかできなくて偏見を持ってました——ほんとうにごめんなさい」

柳刃が鉄板の上でヘラを動かしながら、

「アインシュタインは、常識とは十八歳までに身につけた偏見のコレクションだといった」

「わー、たしかにそうかも。わたしって厭な奴だ」

いいってことよ、と酒巻がいって、

「柳刃さんと火野さんは、そんな細《こま》けえことを根に持つひとじゃねえ。さあさあ、お嬢さんも元気だして一杯やりやしょう」

それを合図に、みんなはビールで乾杯した。

最初にでてきたのはナスとブナシメジにチーズをからめた料理だった。ナスはとろとろにやわらかくコクのある汁がたっぷりで、ブナシメジは風味と香りがよく、熱々で糸をひくチーズと食べたら最高に旨い。全体に青海苔がまぶしてあり、味つけは甘辛いソースとマヨネーズで具材の味をひきたてる。

「ナスって、こんなに美味しかったんだ。アクが強くて苦みがあるから好きじゃなかったけど、これはぜんぜんちがう」

「ぼくもナスは苦手だった。でも、この料理なら大好物。見た目もイタリアンぽくて、すっごいおしゃれ」

彩芽と九条が口々に感嘆した。こりゃ旨《うめ》え、と酒巻がいって、

「あっしはナスといやあ焼ナスしか思いつかねえが、さすが柳刃さんだ。秋ナスとブナシメジってのも季節を感じるねえ」

浩司はスマホのメモアプリを開き、柳刃にレシピを訊いた。

「ナスは一センチの厚さで斜め切りにする。それを三分ほど水にさらし、ザルにあげてから水気を拭く。家庭で作る場合は油をひいたフライパンにナスをならべて中火で焼く。ナスの両面を焼いてしんなりしてきたら、ほぐしたブナシメジを入れて炒める」

「ナスを水にさらすのは、どうしてですか」

「アクを抜き、えぐみをとるためだ。切り口が変色するのを防ぐ効果もある。ただ揚げものや炒めものなら、アクはそれほど気にならない。切り口に軽く塩を振ればアクを含んだ水分がでてくるから、それを拭くだけでもいい」

「このソースはどうやって？」

「ケチャップとタイのメープラナムというメーカーのスイートチリソースを四対一の割合で混ぜた。ナスとブナシメジに火が通ったら、ソースをかけて炒めあわせ、ピザ用のシュレッドチーズをたっぷりかけて蓋をする。火加減は弱火だ。チーズがとろけるくらい蒸し焼きにしたあと、好みの量のマヨネーズをかけて青海苔を振ったら完成だ」

ビールが残りすくなくなったころ、火野が日本酒の一升瓶を持ってきて、

「このあと肉料理がでますけど、おやっさんはこれがいいでしょう」

「気がきくねえ。それにしても、この酒は変わった名前だな」

日本酒のラベルには「純米酒　黒牛《くろうし》」と書かれている。火野は続けて、

「和歌山県の名手《なて》酒造店の酒です。黒牛だけにヒレステーキにあいますよ」

「ヒレステーキ！」

浩司と彩芽と九条は同時に叫んだ。ずっと倹約生活をしているから、ヒレステーキのような高級品は食べたことがない。

柳刃は鉄板に油をひき、スライスしたニンニクをヘラで炒めている。ニンニクが淡いキツネ色になると、それを紙皿に入れて六枚のヒレステーキを鉄板に載せた。ヒレステーキは小ぶりだが、厚さは三センチ以上ありそうだ。

柳刃はヒレステーキをヘラで裏返し、そのあと側面も焼いた。もうできあがりかと思ったら、それを鉄板の隅に置き、こんどはモヤシを炒めだした。モヤシに火が通ったころ、ふたたびヒレステーキをもとの場所にもどして焼いている。

ずいぶん複雑な工程だが、そのぶん味への期待が高まって、ごくりと喉が鳴った。彩芽と九条と酒巻も無言で鉄板を見ている。

柳刃は焼きあがったヒレステーキに粗挽きのブラックペッパーを振り、ナイフで切りわけて紙皿に盛ると、モヤシとニンニクを添えた。火野が運んできたちいさな紙皿には、塩とワサビが載っている。これって珍しい、と彩芽がいって、

「醬油とワサビならわかるけど、塩とワサビですか」

「塩はヒマラヤの岩塩、ワサビはさっきすりおろした本ワサビだ」

火野が眉を寄せると柳刃の口調をまねていった。肉には赤ワインかと思ったけ

れど、ヒレステーキにあうという黒牛が呑んでみたくて、

「おれは日本酒にします」

わたしも。ぼくも。彩芽と九条がそういった。

ひと口大に切られたヒレステーキは表面がこんがり焼けて、断面はピンクから赤へのグラデーションが美しい。岩塩と本ワサビをすこしつけて食べた瞬間、あまりの旨さに吐息が漏れた。

ヒレステーキのやわらかい肉質とジューシーな肉汁、岩塩のまろやかな旨み、おろしたての本ワサビのさわやかな香りと辛み。いままでの人生で食べたなかで、まぎれもなくいちばん旨いステーキだ。

脇役のモヤシも人生でいちばんといっていい味わいで、口に運ぶたびシャキシャキした歯応えとともに熱くてコクのある汁があふれだす。キツネ色に焼けたニンニクはサクサク香ばしく、合いの手に最高だ。

よく冷やした黒牛は芳醇な香りで深みがあり、キレのいい辛口の味わいがヒレステーキにあう。おったまげたね、と酒巻が感嘆して、

「旨すぎて言葉が見つからねえ。あっしは歳だから歯は丈夫じゃねえが、このヒレステーキならぺろりと食えちまう」

「うちの家族が行きつけの銀座のステーキ屋より美味しい」

九条がさらりとセレブっぽいことをいった。彩芽は黒牛で頬を赤く染めて、

「肉とモヤシもすごいけど、岩塩と本ワサビが日本酒にあうー。本ワサビって辛さのあとに甘みがくるんですね」

「おれもびっくりした。ワサビってチューブ入りのしか食ったことないから」

浩司はそういってから柳刃にむかって、

「このヒレステーキって、めちゃくちゃ高いんでしょう」

「それは百グラム千円ちょっとの国産牛だ。決して安くはないが、ふつうのスーパーで買える」

「テレビのグルメ番組で、よく黒毛和牛とかA5ランクの肉とかいってますよね。そういうのかと思いました」

「ヒレステーキを家で焼くには、熱が均等に伝わる厚めのフライパンを使う。肉も厚みのあるものを選ぶ。薄い肉だとすぐに火が通ってしまうから、焼き色がつけづらい。肉は焼く三十分くらい前に冷蔵庫からだして常温にもどす。常温にもどすことで焼きムラがなく、芯まで火が通る。常温にもどしたら、キッチンペーパーで肉の表面の水分を拭きとる。よけいな水分が残っていると、こんがり仕上

がらない」

「油や火加減は？」

「ヒレステーキはバターで焼くのも旨いが、きょうは牛脂を使った。火加減は強火で両面と側面をまんべんなく焼く。焼き色がついたら、いったん休ませて余熱で火を通し、内部の肉汁を落ちつかせる」

「さっき焼いた肉を鉄板の隅に置いたのは、そういう意味だったんだ」

「家庭ならアルミホイルに包み、五分ほど休ませる。そのまま食べてもじゅうぶん旨いが、肉の表面が蒸された状態なので、香ばしさをだすために両面をふたたび軽く焼いた」

「ステーキって両面だけ焼けばいいと思ってました。このモヤシはどうやって？」

「モヤシはザルで洗って、一本ずつヒゲ根をとる」

「ヒゲ根って尻尾のところですよね。それって、めんどくさそう」

「面倒でも、ヒゲ根があるとないとでは舌触りがぜんぜんちがう。モヤシのヒゲ根をとったら、しっかり水気を切り、牛脂で炒める」

「また牛脂。ステーキとおなじだ」

「それはニンニクを炒めた残りの牛脂を使った。モヤシは牛脂やバターで炒めると旨みが濃くなるが、火を通しすぎるとシャキシャキした食感がなくなってしまう。ざっと炒めて塩コショウを振り、少量の醤油を全体にからめたら完成だ」

「モヤシってえのは、ひと袋三十円かそこらだろ」

　と酒巻がいった。

「それがこんな豪勢な味になるんだから、たいしたもんだ。このヒレステーキとモヤシを死んだ女房にも食わせたかったねえ」

「奥さんと結婚したのは、何歳のときですか」

　と彩芽が訊いた。はたちンときさ、と酒巻はいって、

「死んだのが三年前だから、六十年も連れ添ってた」

「すごい。ほんとに仲がよかったんですね。奥さんとは、どこで知りあったんですか」

「あっしが働いてた屋台だよ。女房は三つ年下の学生でね。学校帰りにたい焼をしょっちゅう買いにくるから、とーんときちまって」

「とーんと？」

「ひと目惚れってやつよ。あっしもうぶだったから、たい焼といっしょに恋文渡

したのがはじまりさ。恋文ったって、あっしは学がねえから字がうまい奴に書いてもらったんだ」

「ラブレターじゃなく恋文ってロマンチック。それで、うまくいったんですね」

「最初だけ。夫婦《めおと》になってからはケンカばっかりよ。女房はあっしより気が強いもんで、もう実家に帰るだの、もう別れるだの大騒ぎさ」

「そういうときって、どうするんですか」

「惚れた弱みで、最後はあっしが折れるのさ」

「酒巻さんが我慢したと」

「我慢なんて気持はなかったね。女房とはいくらケンカしても、惚れ抜いてるのに変わりはねえ。だから女房が本気で別れたがったら、あっしは引き止めねえつもりだった」

相手の望みをかなえてやるのが真の愛情だろう、と柳刃はいったが、酒巻の考えはそれとおなじだ。でも、と彩芽がいって、

「奥さんのことがそんなに好きだったら、ふつうは引き止めるんじゃ——」

「引き止めるのも愛情じゃないですか。奥さんが本気で別れたがってたとしても、あきらめないで説得したら気が変わるかも」

と九条がいった。うーん、と酒巻は考えこんで、

「あっしはいさぎよく身をひくのも愛情のうちだと思ったけど、男と女のこたあ、よくわからねえ」

「柳刃さんは、どう思いますか」

と浩司は訊いた。恋愛にはいろいろな形がある、と柳刃はいって、

「これが正解という答えはないが、愛情とは相手に与えるものだ」

「相手に与えるもの――」

「相手に愛情を求めるのはエゴでしかない」

「このあいだ柳刃さんは、相手になぜ見返りを求めるっていいましたよね。ほんとうの愛情は見返りを求めないってことですか」

「見返りを求めるから不満を感じる。こんなにしてやったのに、と思うのは相手ではなく自分にむけられた愛情、つまりエゴだ」

ぼくの考えが浅かったです、と九条がいって、

「相手の気持を無理に変えようとするのは、やっぱりエゴですよね。ぼくのまわりには恋愛はコスパが悪いって意見もあるけど、そういうのはどうですか」

「恋愛を損得で考えるから、コスパが悪いと思う。自分が得をするために誰かと

つきあうのなら、それは恋愛ではなく取引だ。相手に尽くすことに喜びを感じられず、自分の意見や権利ばかり主張するのは、経済至上主義の弊害だろう」

「相手に尽くすのは損だと思ってるんでしょうね。任侠とは真逆の考えだ」

と火野がいった。任侠？　と彩芽が首をかしげた。また誤解を招きそうだから、
火野さんから聞いたんだけど、と浩司はいって、

「任侠とは生きかたで、ひとのために平気で損をできることだって」

反対にいうとな、と酒巻がいって、

「任侠は、ひとさまのお役にたつのが自分の得だと思ってんだ」

「そのために自分は損をしてもいいと？」

「損だ得だってェのは銭金の話だろ。任侠が売るのは心意気よ」

「めちゃめちゃかっこいい。でも、わたしはつい安心や安定を求めちゃうから、結婚を考えると自分から損をするようなひとは心配です」

「女房はそれでいいのさ。夫婦で損ばっかりしてちゃ大変だからな」

酒巻の言葉にみんなは笑った。酒巻はふと遠い目になると、

「女房と知りあったころ、縁日や祭りの屋台はにぎやかだったたねえ。大人から子どもまで肩がぶつかるくれえの混雑だった」

昔の屋台って、どんなものを売ってたんですか、と浩司が訊いた。

「お好み焼とたい焼は、もちろんありますよね」

「あたぼうよ。食いものでいやあ、焼そば、タコ焼、焼イカ、焼もろこし、揚げパン、おでん、綿飴、リンゴ飴、飴細工、べっこう飴、チョコバナナ、ラムネ、かき氷、カルメ焼――」

「カルメ焼？」

「簡単にいやあ、ザラメに重曹《じゅうそう》を混ぜて焼いた駄菓子よ。食いもの以外の屋台もたくさんあった。セルロイドのお面、射的、くじ引き、占い、ヨーヨー釣り、輪投げ、風船、金魚すくい、ひよこ釣り、樟脳《しょうのう》で水の上を走るボートのおもちゃ。幽霊屋敷に見世物小屋。えーっと、それから――」

「見世物小屋って、どういうのですか」

「蛇を食っちまう蛇女、首が長く伸びるロクロ首、いろんなものを飲んだり吐いたり自由自在の人間ポンプなんて曲芸を見せるのが多かったな。なかには子どもだましの見世物もあるんだが、おどろおどろしい絵看板と客寄せの口上に釣られて、つい入っちまう」

「口上って呼びこみの台詞ですよね」

「そう。『男はつらいよ』で、寅《とら》さんがやってたろ。あの寅さんもテキヤだよ」

「あ、その映画って聞いたことあります」

「観たことは？」

ないです、と答えたら酒巻は怪訝《けげん》な表情で、おまえさんたちは？　と訊いた。

彩芽と九条がかぶりを振ると、酒巻は溜息をついて、

「いやあ、時代は変わったねえ。あっしはもう骨董品《こっとうひん》だ」

弱気になっちゃ困りますよ、と火野がいって、

「おやっさんが骨董品なら、化石になるまで屋台を続けてもらわなきゃ」

「そういやあ、たい焼も見た目は鯛の化石みてえだもんな」

酒巻は笑い、浩司も釣られて笑った。

ふとスマホを見たらメールが届いていた。送り主は鈴木洋子とあり、肩書はテレビ番組の制作会社のディレクターだった。メールの内容は「探検！　ハムローちゃんねる」の動画をテレビで紹介したいから、至急連絡がほしいという。

急いで屋台をでると、スマホを手にしてメールにあった電話番号を押した。電話にでたのは年配らしい女性の声で、急なご相談で恐縮です、といった。

「うちの会社が担当している番組で『ダウンタウン・秋の美食フェス』の舞台裏

を取材してるんですが、そのなかでハムローさんの動画を紹介できればと思いまして――」

「ほんとですか。ありがとうございますッ」

浩司はうわずった声でいった。鈴木は続けて、

「収録まで時間がないので、なるべく早くお目にかかれればと思います。わたしたちはいま美食フェスの会場にいるんですが、ハムローさんはどちらに？」

「おれも――いや、ぼくも会場のそばにいます。すぐそちらへいけますけど」

会場内のベンチで鈴木と待ちあわせて電話を切った。

浩司は大急ぎで屋台にもどって、

「あの、急用ができたんで、でかけてきます」

シメはどうするんだ、と火野がいって、

「ぶっ倒れるほど旨いガーリックライスだぞ。食わなくていいのか」

「食べたいけど、おれ抜きでお願いします。ちょっと時間がかかりそうなんで」

すみません、と言い残すと会場へむかって走った。

もうすぐ閉場の七時とあって会場は空いている。

鈴木と待ちあわせたのは野外ステージに近いベンチだった。浩司はそこに腰をおろして、鈴木がくるのを待った。サイバーテイストの面接といい、テレビ番組での紹介といい、立て続けの幸運に頭がくらくらする。

三分ほど経ってスマホが鳴ったから、飛びつくように電話にでると、

「ハムローくん、待たせてごめんね」

鈴木はさっきとちがう低い声でいった。

「いえ、大丈夫ですけど――」

「大丈夫じゃないと思うよ。わたしは制作会社の人間じゃないんだから」

「は？　じゃあ誰なの」

「ハムローくんのファンよ」

「もしかして、おれをだましたってこと？」

「正解。いまからいうことを、よく聞いて」

ふざけんなよッ。浩司は声を荒らげた。

「おまえはいったい誰なんだ」

「誰だっていいけど、しっかり聞いて。あなたの行動しだいで彼女の運命が決まるんだから」

「彼女って――」

「七瀬彩芽よ」

浩司は息を呑んだ。この女は、なぜ彩芽を知っているのか。鈴木は続けて、

「わたしに逆らったり電話を切ったりしたら、彼女の命はない」

「――どうしろっていうんだ」

「わたしがいうとおりに行動しなさい。あなたがいま座ってるベンチの後ろに植え込みがある。そこへいって植え込みのなかを見て」

いわれたとおりにすると、草木のなかに黒くて四角いバッグが隠されていた。宅配サービスで使うような大型のデリバリーバッグだ。鈴木はこっちの動きを見ているように、バッグがあったでしょ、といった。

「それをいますぐ野外ステージへ持っていって」

「なんのために。つうか、中身はなんなんだ」

「質問は禁止。またなにか訊いたら彼女が痛い目に遭う。早くバッグを持って」

鈴木に監視されている気がして周囲を見まわしたが、それらしい人物はいない。仕方なくバッグを持ちあげたら、かなりの重さがある。

「早くして。電話を切らずに野外ステージへいきなさい」

浩司はスマホを耳にあてたまま、右手にバッグをさげて歩きだした。野外ステージの前まできたから、それを伝えると、

「じゃあ、バッグを持って床下に入って」

野外ステージの床は胸元までの高さがあり、地面とのあいだに黒い布を垂らしている。バッグを地面に置いてその布をめくると、ステージを支える金属製の柱が等間隔でならんでいた。

「もたもたしないで早く床下に入って」

と鈴木はいった。なにをさせるつもりか訊こうにも、質問は禁じられている。黒い布をめくって床下に入ったが、暗くてなにも見えない。

「もっと奥まで進んで」

浩司はスマホのライトをつけて柱のあいだを進んだ。奥まできたと鈴木に伝えたら、バッグを置いて蓋を開けるようにいった。ファスナーをひいて蓋を開けたとたん、背筋がひやりとした。

バッグのなかには、見るからに怪しい装置が入っていた。爆薬のような太い筒が三本テープで束ねてあり、そこから赤や黄や緑のコードが伸びて旧型のスマホを組みこんだ装置とつながっている。

浩司は顔から血の気がひくのを感じつつ、

「も、もしかして、これは爆弾？」

「質問は禁止っていったのを忘れたの」

いらだった声に口をつぐんだ。まあいいわ、と鈴木はいって、

「それはスマホの遠隔操作で、いつでも爆破できる。いまも遠隔操作してセンサーを作動させたから、もうバッグは動かせない。ちょっとでも動かせば、センサーが振動を感知してドッカーン。しかも、あなたは共犯者よ」

「そんな――」

「警察《サツ》にチクったら、あなたが捕まる。ほかの誰かにしゃべっても彼女の命はない。わかった？」

「――わかった」

「悪いことばかりじゃない。あしたのメインイベントはおもしろいことになる。それを撮影してネットで配信すれば、ものすごい再生回数が稼げるわよ」

電話はそこで切れた。

悪夢を見ているような思いで床下をでると、急ぎ足でその場を離れた。もう七時をまわって閉場のアナウンスが流れている。ほんの十分ほど前までは浮き浮き

していたのに、一瞬で地獄に突き落とされた。

途方に暮れて野外ステージを振りかえったら、音楽関係らしいスタッフが機材を搬入している。これからリハーサルでもやるようだが、ステージに振動を与えると危険だ。いまにも爆発するのではないかとおびえていたら、あした桃原るいのコンサートがあるのを思いだした。

⑦ 人生最大のピンチ！ それでも旨いさらさら茶漬け

カーテンの隙間から朝の光が射している。

時刻は八時をまわったから、そろそろアパートをでないと遅刻するが、動く気になれない。浩司はベッドに横たわって、ぼんやり天井を見つめていた。鈴木という女は何者なのか、まったく心あたりはないし声に聞きおぼえもない。

メールアドレスはユーチューブとツイッターで公開しているから、誰でもこちらにメールを送信できる。しかし鈴木は彩芽のことを知っていたのが不可解だ。

ゆうべは柳刃と火野に動揺を悟られるのが怖くて屋台にもどれず、上野の街を

あてもなく歩きまわった。途中で彩芽から電話があって、

「もうもどってこないの？　みんな待ってるのに」

「ごめん。急に体調が悪くなったから先に帰る。みんなにあやまっといて」

彩芽はもちろん誰にも事情を話せない。終電近くまで街をさまよってからアパートに帰ったが、一睡もできぬまま朝を迎えた。屋台の手伝いはきょうで終わりだから、最後までやりとげたい。けれども平静を装う自信がない。

桃原るいのコンサートは五時にはじまる。桃原るいを目当てに大勢のひとびとが来場するだろう。鈴木という女は、あしたのメインイベントはおもしろいことになる、といった。メインイベントとは、桃原るいのコンサートにちがいない。コンサートがいちばん盛りあがっているときに爆弾が爆発したら――それを思うと恐怖と焦燥で頭がおかしくなりそうだった。

ふつうに考えたら警察に連絡すべきだろう。が、彩芽の身を守ってくれる保証はないし、あの場所に爆弾を置いた自分は共犯者にされてしまう。

三日前、都内のイベントで無差別テロを起こすという犯行予告があったとニュースで流れた。あの犯人は鈴木だったのかもしれない。なんにせよ、とても屋台の手伝いができる心境ではないから火野に電話した。

「申しわけありません。きょうが最後だから、ちゃんと手伝いたかったんですけど、まだ体調が悪くて――」

「なら、しょうがねえな。もし体調がよくなったら顔だせよ」

柳刃と火野を裏切ったようで心苦しいが、どうしようもなかった。電話を切ってふたたびベッドに倒れこんだとき、スマホが鳴った。画面を見ると拓海だった。こんな早い時間に電話をかけてくるとは、なんの用なのか。気になって電話にでたとたん、ごめん、マジでごめん、と拓海は悲痛な声をあげた。

「けさ柳刃さんたちの屋台に、うちの店長といったんだ」

「なにをしに？」

「柳刃さんと火野さんが荷物を運んでる隙に、お好み焼の生地に店長がなにか入れてた。なにを入れたのかわかんないけど――」

浩司は嘆息して、かんべんしてくれよ、といった。

「あの社長の依頼は断るっていったじゃねえか」

「そうだけど――」

「店長がなにかやってるあいだ、おまえはどこにいたんだ」

「おれは見張ってろっていわれて外に立ってた」

「もう、なに考えてんだよ」

「だってバイトはクビで給料も払わないって店長におどされて——それにおれ、借金がある。おまえにはいってなかったけど、前の会社も自分から辞めたんじゃない。能力不足ってレッテル貼られてリストラされたんだ。それなのに奨学金の返済が残り二百万もあって——」

拓海はそこまでいうと洟《はな》を啜りあげて嗚咽《おえつ》した。スマホで時刻を見たら、もう九時二十分だ。十時の開店前に、お好み焼の販売を止めなければ大変なことになる。浩司は大きな溜息をついて、

「柳刃さんたちに早く知らせなきゃ。いますぐ屋台にいってこい」

「無理だよ。柳刃さんと火野さんにあわせる顔がねえ。バイトは無理やり早退して、さっきうちに帰ってきた」

「うちに帰ってどうすんだ。おまえと店長がやったことは犯罪だぞ。わかってんのかッ」

「わかってる。だから、おまえに知らせなきゃと思ったんだ。バイトは金がもらえなくても、もう辞める」

「辞めるんだったら、はじめから店長のいうこと聞かなきゃよかっただろ」

「そうなんだけど、そのときはどうかしてたんだ。マジでごめん」

拓海はしゃくりあげた。じゃあ、おれが知らせる。浩司は電話を切って火野に電話したが、何度かけてもつながらない。柳刃の電話番号は知らないから連絡のとりようがない。

「ああ、もう——」

浩司は大急ぎで服を着替えて部屋を飛びだした。

電車のなかでも火野に電話し続けたが、つながらないままだった。電車をおりると上野駅から死にものぐるいで走った。

時刻は十時十分だから、屋台はすでに営業しているはずだ。もう手遅れかと思ったら屋台の前に客の姿はなく、準備中の札がでている。息を切らして屋台に駆けこむと、火野が目をしばたたいて、

「大丈夫か、おい。体調が悪いんだろ」

「すみません。実は——」

浩司は肩で息をしながら事情を話した。拓海のバイト先の店長がお好み焼の生地に異物を混入したといっても、柳刃は平然として、

「なるほどな。道理であんなものが入ってたわけだ」

「え？　もう気づいてたんですか」

「お好み焼は開店前に必ず生地をチェックする。屋台の営業は、ふだんでもゴミや虫が入りやすいからな」

「生地はぜんぶ捨てて、作業場にもどって作りなおした」

と火野がいった。それで準備中になっていたのだ。火野に電話がつながらなかったのは、生地を作りなおしている最中だったかららしい。

「それで——お好み焼の生地には、なにが入ってたんですか」

「髪の毛とかガラスの破片とかタバコの吸殻とか、いろいろよ」

悪質な行為に憤りつつ、平謝りにあやまった。

話の行きがかり上、伊佐木にバイトテロを持ちかけられたことも隠しておけず、包み隠さず説明した。伊佐木は百万円の報酬と正社員の待遇を餌に、浩司と拓海をそそのかした。拓海はいったん思いとどまったものの、店長に強要されて見張りをやらされた。

「あいつは奨学金の返済があるのに、バイトはクビで給料も払わないっておどされたそうです」

伊佐木が風評被害や異物の混入を仕掛けてきたのは、屋台を立ち退かせてフードショップをだすためだと話したら、火野が鼻を鳴らして、

「あの野郎、おやっさんの営業権がほしいんだな。そうはさせるかってんだ」

「いままで黙ってて、すみませんでした。ほんとうに申しわけありません」

ふたたび頭をさげて詫びたら、もういい、と柳刃はいって、

「よく話してくれた。おまえのダチにも気にするなといっておけ」


屋台は十一時すぎに営業をはじめた。

きょうは日曜だけに上野公園の人出は多く、お好み焼は飛ぶように売れる。客の相手をしている場合ではないが、屋台を離れるわけにもいかず仕事を手伝った。

酒巻が途中で顔をだして、

「火野さんから聞いた話じゃ、伊佐木のせいで厭な思いをしたらしいな。おまえさんたちはなにも悪くねえんだから、元気だしなよ」

酒巻の言葉はうれしかった。

柳刃と火野も怒るどころか、反対にこちらを気遣ってくれた。ゆうべ鈴木と名乗る女に脅迫されて、野外ステージの下に爆弾を置いたことも三人に打ちあけた

かった。特に柳刃なら的確な助言をしてくれそうな気もする。が、いくら柳刃でも、この窮地を乗り切る方法は思いつかないだろう。

ほかの誰かにしゃべっても彼女の命はない、とあの女はいった。彩芽の安全を考えると、やはり誰にも口外はできない。とはいえ、このままではとんでもない事態になる。彩芽が無事であっても、ほかのひとびとが被害にあったらいたたまれない。

浩司は悶々《もんもん》として働いたが、時間は刻々とすぎていく。二時をまわって客足が落ちつくと柳刃は昼のまかないを作った。いうまでもなく食欲はないから遠慮すると、火野は探るような目でこっちを見て、

「ほかにもなにか心配事がありそうだな」

「いえ、まだ体調が悪いので――」

「そのわりに、けさはすごい勢いで走ってきたじゃねえか。体調が悪い奴があんなに走れるのか」

答えに詰まっていたら柳刃が茶碗と箸をさしだして、

「食欲がなくても、これなら喉を通る。疲れをとるためにも食っておけ」

茶碗の中身は、大ぶりの梅干しが入ったお茶漬けだった。柳刃は続けて、

「塩だけで漬けこんだ紀州南高梅を飯に載せ、昆布とカツオのダシ汁をかけて刻み海苔と白ゴマを散らした。梅干しに含まれるクエン酸は疲労回復、香り成分のベンズアルデヒドはリラックス効果がある」

断りきれずに茶碗と箸を受けとると、柳刃の蘊蓄《うんちく》の影響もあってか梅干しの香りに唾が湧いた。箸でほぐした梅干しを飯といっしょに食べたら、しょっぱさと酸っぱさに目が覚めるようだ。昆布とカツオの旨みがきいた熱いダシ汁は、ストレスで荒れた胃袋に沁みる。さらさらとかきこんだら、いつのまにか茶碗が空になっていた。

ほら見ろ、食えるじゃねえか、と火野が笑って、

「腹ごなしに休憩してこい」

お茶漬けを食べ終えたときは安らいだ気分になったが、屋台をでて歩きだしたら恐怖と焦燥が蘇った。美食フェスの会場に入ると、野外ステージの様子を遠くから窺った。

ステージ上では、女子高生たちのダンスイベントがおこなわれている。観客はすでにいっぱいだから、桃原るいのコンサートがはじまるころには超満員になるだろう。ステージの床から地面に垂らした黒い布——ゆうべ爆弾が入ったバッグ

を置いたあたりに、がっちりした体格の警備員が立っている。前に何度か会話した泡乃雄大だ。

泡乃に相談しようかと思ったが、爆弾の存在を自分がばらしたとあの女に疑われたら、彩芽に危険がおよぶ。しかも爆弾は振動を感知するから撤去できない。

そもそも、あの鈴木という女は何者で目的はなんなのか。なぜ自分と彩芽を巻きこんだのか。頭のなかは堂々めぐりで、ゆうべからずっと考え続けている疑問にもどってくる。

あの女は声からすると中年の印象で、思いあたるふしはない。女がひとりではなく誰かの指示で動いているとしたら――と考えたとき、背後から肩を叩かれた。ぎくりとして振りかえったら彩芽が笑顔で立っていて、

「こっちにきてたんだ。体調はもう大丈夫?」

「う、うん。だいぶよくなった」

「屋台の手伝い、きょうで終わりでしょ。わたしもバイトきょうまでだから、終わったら打ち上げしようよ」

浩司は曖昧にうなずいて、なにか変わったことはない?と訊いた。

「怪しい奴がうろついてるとか、知らない奴から連絡があったとか」

なんにもないよ、と彩芽はいって、

「いま忙しいから、またあとでね」

引き止めるまもなく走っていった。

彩芽にだけは事情を話そうかと思ったが、話しても彼女を動揺させるだけだ。暗澹《あんたん》とした気分で野外ステージに視線をもどしたら、観客のなかにひときわ背の高い大男がいた。

赤いチェックのシャツに見おぼえがあると思ったら、男はこっちをむいた。度が強くてレンズの曇った銀縁メガネ、ぼさぼさの前髪、脂ぎった下ぶくれの顔。シェイクのカップを片手にストローをくわえた男は、隣室のセイウチだった。目があいそうになったから急いでひきかえしたが、あいつはなぜここにいるのか。

不審に思いつつ屋台にもどると、いつものテーブルに目を泣き腫《は》らした拓海がいた。とっさに逆上して胸ぐらをつかみ、なにしてんだッ、と怒鳴った。

「よくここに顔をだせたな。おまえのせいで、柳刃さんたちがどれだけ大変だったと思ってんだッ」

「だから——あやまりにきたんだよ」

拓海は消え入りそうな声でいった。

「ふざけやがって。あやまってすむかよッ」

思わず拳を振りあげたとき、待て待て、と火野が割って入った。

「おまえがもどってくる前、こいつは兄貴とおれに詫び入れたんだ。もう許してやれよ」

浩司はしぶしぶうなずいて拓海から手を放した。マジごめんな、と拓海は頭をさげた。

「兄貴とおれは、もうすぐでかける。火野は腕時計に目をやって、そろそろだな、とつぶやいて、

「えッ。店番っていわれても、おれたちはなにをすれば――」

「なにもしなくていい。屋台はもう閉めるけど、あとで備品の撤収にくるから、それまでここにいろ」

「わかりました。でも、どこにでかけるんですか」

「どこだっていいだろうが。大事な用があるんだよ」

こんなときに店番とはタイミングが悪すぎるが、断るわけにもいかない。柳刃と火野は客が途切れると、本日売切れの札を店頭に立ててでかけていった。もう三時だから、桃原るいのコンサートまで二時間しかない。

浩司はじっとしていられず、屋台のなかをぐるぐる歩きまわった。絶望の瞬間

へむかって胸の鼓動が時を刻んでいる。拓海はあいかわらずテーブルにいて、しょげた顔でこっちをちらちら見る。呑気に座っているのがむかつくから、なに見てんだよ、といったら、

「まだ怒ってんだろ。無理もねえけど」

「おまえに怒ってんじゃねえ。もっとむちゃくちゃやべえことが――」

あの女や爆弾のことを、ついしゃべりそうになって口をつぐんだ。よかったら教えてくれよ、と拓海はいって、

「おまえには迷惑かけたから、なにか役にたちてえんだ」

「バカいうな。おまえに相談したって――」

そういいかけたとき、伊佐木の厚ぼったい顔が脳裏に浮かんだ。伊佐木は美食フェスの主催者だから爆弾を仕掛ける動機はない。けれども伊佐木は、自分がバイトテロの依頼に応じなかったのを根に持っているはずだ。

伊佐木が自分を陥れるために、従業員の女を使って狂言を仕組んだ可能性はないか。爆弾が偽物だったにせよ、野外ステージの下にそれを置いたのは自分だから、犯罪の片棒を担いだ共犯者として将来を台なしにできる。

二十四歳の若僧ひとりを苦しめるには手が込んでいるけれど、伊佐木は拓海の

上司である店長を使って、お好み焼の生地に異物を混入させるほど執念深い。

あの男ならやりかねないと思って、拓海に訊いた。

「伊佐木は、なにかいってなかったか」

「なにかって？」

「おれのことさ。おれがいうことを聞かなかったから怒ってたとか」

「わかんねえ。おまえと楽屋に呼ばれたとき以来、社長とは会ってねえから」

「また嘘ついてねえだろうな」

「嘘じゃねえよ。なあ、なんで悩んでるか教えてくれよ」

拓海に話したところで解決策が見つかるはずもない。金に困っているとはいえ、百万円の報酬と正社員の待遇に釣られて、いったんは柳刃と火野を裏切ったのだ。拓海に打ちあけるくらいなら、柳刃たちに相談したほうが百倍ましだ。けれども、ふたりは何時にもどってくるのかわからない。桃原るいのコンサートがはじまってからでは万事休すだ。

浩司はテーブルをはさんで拓海とむかいあうと、

「誰かにしゃべったら一生許さねえからな」

そう前置きしてから、いままでのことを語った。

拓海は目を見開いて、マジか、といった。

「その爆弾が本物だったら、ガチでやべえな。犯人に心あたりはねえのかよ」

「ないっていっただろ。やっぱおまえに話してもむだだった」

「そこまでやべえ話だと、おれたちじゃ無理さ。警察に通報したら、おまえも共犯者にされちまうし、彩芽ちゃんの身もあぶなくなるなんて——。柳刃さんたちに相談しろよ」

「それは考えたけど、あのひとたちだって無理だろ」

「だとしても、ほかに相談できるひとはいねえじゃん。柳刃さんと火野さんなら、すくなくとも秘密は守ってくれるよ」

「——それもそうだな」

スマホで時刻を見ると、もう三時二十分だった。思い切って火野に電話したら、なんだ？　と不機嫌な声がかえってきた。

「いま忙しい。急用じゃなかったら切るぞ」

「それが急用なんです」

手短に事情を話したら、火野は緊迫した声で、

「わかった。すぐもどる」

柳刃と火野がもどってきたのは三時四十分だった。ふたりともなぜか黒いスーツと白いドレスシャツに着替えていて、やはりヤクザではないかと思わせる雰囲気だった。が、服を着替えたわけを訊く余裕などない。

「犯人の女はスマホの遠隔操作で、いつでも爆破できるといったんだな」

柳刃はもどってくるなり、そう訊いた。

はい、と浩司は答えて爆弾の形状を説明してから、

「古い型のスマホが装置に組みこまれてました。それと犯人は、おれをどこかで監視してるような気がしました」

「おまえが野外ステージの床下にいたとき、犯人は爆弾が入ったバッグの蓋を開けさせた。そのあと犯人は遠隔操作で振動を感知するセンサーを作動させたといった。それでまちがいないな」

「はい」

「おまえが野外ステージをでるとき、バッグの蓋は閉めなかったのか」

「はい。開けたままです」

柳刃は火野になにか耳打ちし、火野は屋台を飛びだしていった。続いて柳刃は

拓海にむかって、伊佐木を呼んでこい、といった。

「えッ。でもバイトはもう辞めるし、社長はおれのいうことなんか聞かないと思いますけど――」

「おまえと店長がお好み焼の生地に異物を混入したのが、おれたちにばれたといえ。早くここへこないと警察沙汰になるってな」

拓海は逡巡するようにぎゅっと目をつぶったが、まもなく目を開けると、

「わかりました。やります」

きっぱりした口調でいって外へ駆けだした。

柳刃はこっちを見て、彼女がどこにいるか確認しろといった。彩芽に電話して居場所を訊くと、イベント会社の上司から桃原るいのアテンドを頼まれたという。

「るいちゃんは渋滞で到着が遅れてるけど、いま九条くんと楽屋で待ってるの。会えるの楽しみー」

能天気な声がかえってきた。ひとまず電話を切って、彩芽は楽屋で桃原るいの到着を待っていると柳刃に伝えたら、

「犯人に心あたりはないか、もう一度考えろ。どんなささいなことでもいい。誰かとトラブルになってないか」

伊佐木のことを口にすると柳刃は首を横に振り、

「その線は薄いな。犯行が発覚したときのリスクが大きすぎる」

「やっぱり、そうですよね」

「ただ犯人がイサキフーズの社員やイベントの関係者という可能性はある。さっき、おまえは犯人がどこかで監視してるような気がしたといった。七時の閉場直前にそれが自然にできるのはイベントの関係者だ」

「なるほど。でもイベントの関係者とトラブルになったことはないですが」

「犯人が誰にしろ、ユーチューブでおまえの動画を観てる。美食フェスを撮った動画はあるか」

浩司はスマホを柳刃に渡し、美食フェスの初日に撮った動画を再生した。柳刃はそれを食い入るように観ていたが、不意に動画を停めて、

「ここだ。ここで、おまえの彼女の名前がわかる」

スマホを見ると、制服の赤いトレーナーを着て首からIDカードをさげた彩芽が映っている。IDカードを拡大したら、七瀬彩芽とはっきり読める。浩司は動画のなかで「おや、ハムローのお友だちのスタッフさんがいました」としゃべっているから彼女だと察しがついたかもしれない。

　そのとき酒巻の屋台の行列に、赤いチェックのシャツを着た大男がならんでいるのに気づいた。セイウチだ。同時にセイウチが部屋に怒鳴りこんできたのと、裏声で歌うのを思いだした。

「トラブルっていえば、あのひと隣に住んでるんですけど——」

　浩司はセイウチを指さして、生活音で揉めていることを話した。呼んでこい、と柳刃にいわれて恐る恐る声をかけたら、セイウチは顔をゆがめて、

「なんだよ、おまえ。またおれを怒らせるのかあ」

「ちがう。あのひとが呼んでるんだ」

　柳刃の顔を見たとたん、セイウチは銀縁メガネの奥で目を泳がせて、のっそり屋台までついてきた。この男が犯人かもしれないと思うと緊張する。

「ここへ、なにしにきた？」

　柳刃が訊くとセイウチはおどおどして、

「なにしにって、桃原るいのコンサートにきたんですけど」

「もういっていいぞ。呼びつけて悪かったな」

　セイウチはうなずいて、ふたたびたい焼の行列にならんだ。浩司は目をしばたたいて、帰していいんですか、と訊いた。

「あのメガネのレンズは強度の遠視用だ。しかもレンズがあれだけ曇ってたら、爆弾を作るような精密作業はできない。そもそもあの男が犯人なら、おまえに呼び止められて動揺するはずだし、ここまでのこのこついてきたりしない」

柳刃の観察眼に驚いていると、火野が息を切らしてもどってきた。

「手配しました。しかし、まだ安心はできませんね」

「ああ。コンサートの関係者や観客の安全を考えれば、ただちにイベントを中止すべきだが、犯人を見つけださない限り、あとで報復される恐れがある」

「おれと彩芽のことですね」

柳刃はうなずいたが、すでに四時だ。火野がなにを手配したにせよ、あとたった一時間で犯人を特定し、爆発を防ぐことなど可能なのか。

彩芽が心配になってまた電話したら「おかけになった電話は電波の届かない場所にあるか、電源が入っていないためかかりません」とアナウンスが流れた。

「社長を呼んできました」

拓海が憔悴した表情で、伊佐木満作と屋台に入ってきた。伊佐木は厚ぼったい顔に笑みを浮かべて太い首をかしげると、

「どうしたんだ。テキヤ風情がスーツなんか着て。葬式でもあるのか」

「なんだと、この野郎ッ。汚ねえ手使って、うちの屋台を潰そうとしたくせに」

と火野が怒鳴った。妙ないいがかりはやめろ、と伊佐木はいって、

「拓海から話は聞いたが、おれはなにも指示してない。こいつがバイトしてる店の店長が勝手にやったことだ」

嘘だッ、と浩司は思わず叫んだ。

「あんたはおとといの夜、おれと拓海を楽屋に呼んでバイトテロを持ちかけてきたじゃねえか。おれの依頼を実行してくれたら、百万払ったうえに正社員にしてやるって――」

「そんな依頼をしたおぼえはない。おまえらを呼んで、うちの会社で働いてみないかといっただけだ。そういう態度じゃ、むろん不採用だがな」

「よくそんなでたらめを――」

その話はあとだ、と柳刃がいって、

「この会場のどこかに爆発物が仕掛けられている」

「なんだとゥ」

「詳細は話せんが、まぎれもない事実だ。おたくの社員や警備員に連絡して、すぐ探させろ」

「バカも休み休みいえ。詳細もわからんのに、そんなことができるか。もし爆発物があるとしたら、おまえらが仕掛けたんじゃないのか」

「信用しないなら、いますぐ警察に通報する。警察には詳細を話すから、入場客は全員退避させられて、このイベント自体が中止になるだろう」

「おまえらテキヤのいうことを警察が信じるもんか」

「じゃあ試してやろう。あいにくだが、おれは警視庁に知りあいが多い」

柳刃はスマホをだすと画面に指をかざした。

「待てッ。もうすぐ桃原るいのコンサートがあるのに、イベントが中止になったら莫大な損害がでる。警察がくるだけでも大迷惑だ」

「じゃあ、おれのいうとおりにしろ。ただし社員や警備員には、客の通報で会場内に不審物があったというんだ」

伊佐木は不満げな溜息を漏らすとスマホを手にして、どこかへ電話した。まもなく社員や警備員が七、八人やってきた。伊佐木は彼らにむかって、

「先ほどお客さまから、会場内で不審物を発見したという通報があった」

「どこにどういう不審物があったんですか」

社員のひとりが訊いた。

「いま確認中だ。同僚にも連絡して、みんなで探してくれ。もし不審物があったら、おれにまず報告しろ」

社員や警備員たちは、はい、と答えて去っていった。なぜか火野が彼らのあとを追うように走っていく。

「くだらんことをさせやがって。おれが妙なことを仕組んだなんてデマを流すからバカ話につきあってやったが、このままじゃすまさんからな。拓海、おまえも覚悟しろッ」

「とっくに覚悟してるよ。あんなクソ会社、こっちから辞めてやらあ」

拓海が声を荒らげると、伊佐木は鼻を鳴らして屋台をでていった。

ほとんど同時に柳刃も急ぎ足で歩きだした。浩司は拓海を肘でこづいて、こっそりあとをつけていった。時刻はもう四時二十分で、会場は大勢のひとびとで混みあっている。柳刃はいったいどこへいくのか。なぜ伊佐木にあんなことをいったのか。

人波をかきわけて進んでいくと、柳刃は野外ステージへむかっている。野外ステージの前はさらに混雑していたが、黒いスーツの背中になんとか追いついた。

そのとき柳刃の考えがわかった。

会場内で不審物を発見したという情報が犯人に伝われば、犯人は不安になって野外ステージの床下を確認する可能性が高い。しかし不審物がどこにあるかは伏せてあるから、犯人しか知り得ない野外ステージの床下を見にきた人物が怪しい。

浩司と拓海はすこし離れた場所で足を止め、柳刃の行動を見守った。

泡乃雄大が手を後ろに組んで、さっきとおなじ位置に立っている。それを見たとたん、暗雲のように疑念が湧きあがった。

泡乃はさっき屋台にこなかったが、上司か同僚から不審物を探すようにいわれたはずだ。それなのに、あの場所で平然としているということは――。どこから火野がでてきて柳刃になにか耳打ちした。

ふたりが野外ステージに歩み寄ると、泡乃は会釈して、

「どうされました」

「あんたも聞いただろ。会場内に不審物があるって」

火野がそういったら、はい、と泡乃は答えた。

「おれたちも探してるんだ。うちの屋台は会場の外だけど、イベント帰りの客がこなくなったら商売あがったりだからな」

火野は野外ステージの床から垂れた黒い布に手を伸ばした。泡乃は前に立ちふ

さがって、そこはもう調べました、といった。

「なにもありませんでした」

「そうかい。でも念のためだ」

火野は泡乃を押しのけると、すばやく黒い布をめくって床下を覗き、

「おや、妙なバッグがあるぞ」

「――すみません。気づきませんでした」

「バッグの中身はなんだ？　調べなくていいのか」

「うかつに触ると危険です。不審物発見時の三原則は『触れない』『嗅がない』『動かさない』ですから、うちの会社の責任者に連絡します」

泡乃は柳刃たちに背中をむけると、すこし離れた場所へ移動してスマホを手にした。もしかして起爆装置を作動させるつもりなのか。いま爆発したら柳刃たちが巻きこまれる。

「柳刃さん、そこにいたらあぶないッ」

思わず叫んで走りだしたとき、泡乃がスマホの画面をタップした。心臓が止まりそうになったが、なにも起こらない。火野が泡乃のそばにきて、

「責任者には、もう事情を話したかい」

「いま連絡してるとこです」

泡乃はまたスマホの画面をタップして首をかしげた。

「おかしいな。圏外になってる」

「ところで、あのバッグはおまえのもんじゃねえのか」

「なにをいってるんですか。意味がわかりませんけど――」

「わからないなら説明しよう。いっしょにきてもらおうか」

柳刃がそういって泡乃の前に立った。

そのとき、赤いトレーナーを着た女性スタッフが走ってきて、

「桃原るいさん、まもなく到着されるそうです。警備をお願いします」

とたんに泡乃は転がるように走りだした。柳刃と火野はものすごい勢いであとを追い、浩司と拓海もそれに続いた。が、人波に阻まれてなかなか前へ進めない。

ようやく追いついたと思ったら、泡乃は楽屋に駆けこんだ。

柳刃たちに続いて楽屋に足を踏み入れたら、彩芽と九条が驚いた表情で立ちすくんでいる。泡乃がふたりの前で大型のカッターナイフを構えている。

まずいと思った瞬間、泡乃は彩芽に飛びかかった。泡乃はすばやく彼女の背後にまわると片手で口をふさぎ、もう一方の手でカッターナイフを首に突きつけた。

「こっちにくるなッ。すこしでも近づいたら、この女を刺す」

九条は真っ青な顔で呆然と立っている。柳刃は九条にむかって、

「いまから誰も楽屋に入れるな。桃原るいやコンサートの関係者全員を安全な場所で待機させろ」

九条はうなずいて外に駆けだしていった。泡乃はこっちをにらみつけて、

「バッグのことをしゃべったな」

「おれを脅迫したのは、泡乃さんだったんですか」

「それがどうした。おれに逆らったら、この女がどうなるかいったはずだ」

「お願いです、彼女を放してください」

「だめだ。おまえに一生後悔させてやる」

「どうして、こんなことするんですか。おれも彼女も、泡乃さんにはなにもしてないのに――」

「おまえは、どうせおぼえてないだろう。でも、おれははっきりおぼえてる。美食フェスの初日に、おれが酔っぱらいを介抱してたら、おまえはこういったよな」

泡乃はそこで言葉を切ってから、

「ぶっちゃけ警備のバイトは底辺。三十歳くらいのひとといっしょに働いてたけど、人生終わってる感がすごくて、ああはなりたくないと思った。おまえはそういったんだ。そのあと、この女はこういった。三十だとやばいけど、葉室くんは二十四だから、まだまだチャンスあるよ、って」

「べつに泡乃さんのことをいったわけじゃ――」

「おれも警備の仕事は社員じゃなくてバイトだよ。歳は来年三十だ。人生終わってて悪かったな」

彩芽との会話がきっかけで、泡乃に怨《うら》まれていたとは思いもしなかった。泡乃はその報復として、自分と彩芽を事件に巻きこんだのだ。浩司は頭をさげて、

「厭な思いをさせて、すみませんでした。どうか許してください」

「もう遅い。おまえとこの女は、おれのことを底辺だって嗤《わら》いやがったんだ」

「嗤ってなんかいません。お願いだから彼女を放してください」

「だめだ」

「じゃあ彼女のかわりに、おれを人質にしてください」

かっこつけてんじゃねえッ、と泡乃は怒鳴った。

「野外ステージに爆弾を仕掛けたのは、おまえなんだからな。警察がきたら、お

まえも共犯者だといってやる」

「警察なら、もうきてるぞ」

と柳刃がいった。柳刃と火野は上着の懐から警察手帳をだして、

「おれたちは警視庁特務部の捜査官だ」

「なんだとッ」

浩司は驚愕して拓海と顔を見あわせた。柳刃は続けて、

「おまえは本来の捜査対象じゃなかったが、おれたちが居合わせたのが運の尽きだ。共犯者の女はどこにいる」

「女なんているかよ。ボイスチェンジャーで声を変えたのさ」

「ということは単独犯だな。無差別テロの犯行予告をしたのも、おまえだな」

「ああ、そうさ。でも見てやがれ。もうじき野外ステージを吹っ飛ばしてやる」

「遠隔操作でか？」

火野が胸ポケットから黒いトランシーバーのようなものをとりだした。スマホくらいの大きさで、太いアンテナが三本ついている。

「これは電波妨害用のジャミング装置だ」

と柳刃がいった。

「スマホ、Wi-Fi、GPS、インカム、すべての電波を遮断する。電波の遮断範囲は四十メートル。おなじものをもう一台、野外ステージに設置したから、バッグの中身がなんだろうと遠隔操作はできん」

すこし前に火野が屋台にもどってきたとき、手配しました、と柳刃にいったのは、この装置のことだろう。ちくしょうッ、と泡乃が叫んで、

「さっきスマホが圏外だったのは、そのせいか」

「そうだ。しかし圏外でなくても爆発はしなかっただろう。バッグの中身は爆弾じゃないからな」

と柳刃がいった。泡乃は動揺した表情で、なぜそう思う、と訊いた。

「おまえは葉室に命じて野外ステージの床下にバッグを置かせ、蓋を開けさせた。だが、そのあと蓋を閉めるよう指示しなかった。蓋が開いた状態では誰かがバッグを発見したら、すぐに不審物だとわかるから犯行が失敗するリスクが高い。バッグの中身が野外ステージを破壊するほどの爆薬なら、蓋を閉めても影響はない。にもかかわらず蓋を開けたままにしたのは、その必要があったからだ」

泡乃は溜息をついて、さすが警察だな、といった。

「バッグの中身は発煙筒さ」

　たしかに発煙筒なら蓋を閉めると煙がでにくくなる。柳刃はそれでバッグの蓋について細かく訊いたのだ。柳刃は続けて、

「バッグの中身が発煙筒なら罪は軽い。しかし彼女を傷つければ重罪だ。おまえはうちの屋台にきたとき、二十代をむだにしたといったが、三十代もむだになる。こんなことで将来を棒に振るのか」

「どうでもいい。おれに生きてる意味なんかない」

「生きる意味は誰かに与えられるものじゃない。自分で見いだすものだ」

「それができないから、もう人生を終わりにしたいんだよ」

「嘘をつけ。そこまで自暴自棄になっているなら、無差別テロの犯行予告などしないはずだ。犯行予告をしたのは、自分に注目を集めるためだろう。コンサートの観客の多くは犯行予告を知っているから、発煙筒の煙でもパニックになる。そこで観客を誘導するとかアイドルを助けるとか、警備員としていいところを見せたかったんじゃないか」

　ほかにも理由はある、と泡乃はいって、

「おれが高一のとき、両親は伊佐木が主催するイベントに出資して、大金をだましとられた。両親は資金繰りで駆けずりまわってるとき、交通事故で死んだ。だ

から騒ぎを起こしてイベントを潰してやりたかったんだ」

「おまえの気持はわかったが、これ以上罪を重ねるな。彼女を放せ」

「厭だッ。こうなったら、おれはここに立てこもる。人生の最後に、みんながおれに注目する。おれの存在を認めさせてやるッ」

彩芽は泡乃の手で口をふさがれたまま、すがるような目でこっちを見ている。なんとかして助けだしたいが、なにもできない。泡乃は彩芽の首に突きつけたカッターナイフを振りあげて、

「おまえら全員ここからでていけッ。でていかないと、この女を刺すぞッ」

泡乃の顔は蒼白で目が据わっている。いまにも彩芽を刺しかねない形相に、冷たい汗がにじみ膝が震える。ひとまず楽屋をでるしかないと思ったとき、ドアが開いて酒巻が入ってきた。続いて九条が入ってくると、

「すみません。ぼくは止めたんですけど——」

「おやっさん、外にでてください」

と柳刃がいったが、酒巻はかぶりを振って、

「楽屋の前で話は聞いたぜ。泡乃くんよ、無茶するんじゃねえ」

「もう手遅れさ。でてってくれ」

「まあ聞きな。あっしは十歳のころから七十三年、たい焼を焼き続けてきた。けど金もねえし名誉もねえ。子どもはいねえし女房とは死に別れて、ひとりぼっちだ。そんなあっしの生きる意味は、なんだと思う」

泡乃は無言で首を横に振った。

「あっしのたい焼は昔ながらの一丁焼で、とっくに時代遅れだ。中身も餡だけで気のきいたものは作れねえ。それでも旨いっていってくれるお客がいる。あっしは、そのために生きてんだよ。おまえさんも旨いといってくれたよな」

泡乃はおずおずとうなずいた。

「みんななにかで注目されたい、まわりから認められたいって気持はわかる。あっしも若《わけ》えころはそうだった。でもな、この世の中を支えてるのは有名人や金持じゃねえ。テレビだのインターネットだので話題にならねえ無名のひとたちだ」

でも――と泡乃が口を開いた。

「おれは、ずっとがんばってきたのに誰からも感謝されなくて――」

「がんばったのは、おまえさんの勝手だろ。ひとのせいにするなィ」

「わかってるけど、苦しい。生きてる意味がわからない」

「みんなに注目されたい認められたいって、自分のために生きようとするからよ。そんなわがままを通してなんになる。なんでもかんでも思いどおりになったって、次から次へと欲が湧いてきて、結局は自分が苦しくなる。自分のためじゃなく、ひとさまのお役にたって生きるのが、ほんとの幸せじゃねえのか」

「ひとさまのお役にたって生きる――」

「自分のことばかり考えてるせいで、見た目が悪いからだめだ、金がねえからだめだ、歳とったからだめだって落ちこんじまう。けどよ、ひとさまのお役にたつのが幸せだって思えるなら、人生に手遅れはねえ。いつだって、でなおせる」

泡乃はうつむいてカッターナイフを床に落とし、彩芽から手を放した。とっさに駆け寄ったら、彩芽はよろめきながら胸に飛びこんできた。

わかってくれて、ありがとうな、と酒巻はいって、

「早く罪をつぐなって、あっしが生きてるうちに、またたい焼を食いにきてくれ。あっしはそれを楽しみに、ここの屋台で待ってるからよ」

泡乃の両目から大粒の涙があふれだした。浩司も目頭が熱くなって腕のなかの彩芽を抱きしめた。拓海は横で洟を啜りあげている。

そのとき楽屋のドアが開いて、スーツを着て目つきの鋭い男が四人入ってきた。

男たちは柳刃と火野に一礼したから刑事のようだ。問題のバッグは先ほど撤去しました、と男のひとりがいって、

「爆発物処理班によると、バッグの中身は爆薬ではなく発煙筒とのことです」

柳刃はうなずいて泡乃を顎で示した。男たちが駆け寄っても泡乃は抵抗せず、すなおに手錠をかけられた。

「おまえの両親の仇はとってやる。おれたちの捜査対象は伊佐木満作だ」

柳刃がそういうと、泡乃は涙に濡れた顔で一礼して連行されていった。

桃原るいのコンサートは、予定より三十分遅れてはじまった。

会場からの歓声が屋台まで聞こえてくる。あんな事件があったのにコンサートが中止にならなかったのは、柳刃たちが情報を伏せたからだろう。

楽屋をでてから、彩芽と九条は桃原るいのアテンドをべつのスタッフと交替し、浩司と拓海といっしょに屋台にもどった。柳刃たちと酒巻ももどってきたが、三人の立ち話を聞いていると酒巻は柳刃と火野の正体を知っていたらしい。

「おやっさんのおかげで助かりました。ありがとうございます」

「あのまま立てこもられたら、長期戦になるところでした」

柳刃と火野はそういって頭をさげた。まあまあ、と酒巻はいって、

「こんな年寄りが潜入捜査官のお役にたてたなら、なによりだ。渋川伊之吉《しぶかわいのきち》親分に柳刃さんと火野さんを紹介されたときは、本物のヤクザかと思ったが」

渋川伊之吉とは誰なのかわからないが、酒巻はそそくさと自分の屋台にいって、何事もなかったようにたい焼を焼きはじめた。柳刃と火野はスマホで誰かとしゃべっている。雰囲気からすると捜査の指示をしているらしい。

浩司たち四人はテーブルを囲んで、しばらく放心していた。思いもよらぬことが立て続けに起きたせいで、頭が空っぽになったようだ。彩芽はここにくるまでおびえていたが、ようやく落ちつきをとりもどした。

彩芽と九条に事件のいきさつを説明すると、

「ごめんね。わたしのためにつらい思いをさせて」

彩芽は涙ぐんでいった。浩司はかぶりを振って、

「もとはといえば、おれが悪いんだ。泡乃さんがやったことは許せないけど、おれの言葉があのひとを傷つけたんだし」

「葉室くんだけが悪いんじゃないよ。あのひとは、わたしの言葉にも傷ついてたんだから」

「言葉って怖いよな。なにげないひと言でも、知らないところで誰かが傷ついてるかもしれない」

「うん。わたしが柳刃さんたちに偏見を持ってたみたいに、なんでも思いこみで決めつけるのはやめなきゃ」

ふと気づくと柳刃と火野が鉄板のむこうで椅子にかけていた。見慣れた屋台のなかで、ふたりの黒いスーツは違和感がある。

さっきはガチでびっくりした、と拓海がいって、

「柳刃さんと火野さんが警察官だなんて」

「おれもぜんぜん気づかなかった。プラス泡乃さんが犯人なのにも驚いた。電話の声は完全に女だったのに」

と浩司はいった。ハイテクの進歩はすげえからな、と火野がいって、

「ボイスチェンジャーを使った犯罪は最近増えてる。ちょっと前に起きた事件だと、ボイスチェンジャーで女性になりすました男たちがマッチングアプリで客を勧誘し、無登録の仮想通貨を販売して逮捕された」

「被害者はどのくらいの人数ですか」

「約千五百人。詐欺による被害は二十億円くらいだ」

「そんな大勢がだまされるんなら、おれなんかじゃ見破れないな」

誰でも巻きこまれるよね、と九条がいった。

「ぼくも彩芽ちゃんとおなじでトラブル嫌いだから、あぶないことには近寄らないようにしてる。でも、むこうからやってきたら、どうしようもないよ」

「わたし、いつも安心とか安定とか考えてたけど、そんなの一瞬で崩れちゃうんだと思った。なにもしてないのに、あんな怖い目に遭うなんて――」

柳刃はタバコに火をつけると煙を吐きだして、

「最近の無差別殺傷事件を見ればわかるように、どれだけ安全を心がけていても、ある日突然、犯罪のターゲットにされる」

「どうすればいいんでしょう」

と彩芽が訊いた。柳刃は続けて、

「こんなちいさな屋台でも、伊佐木のような悪党に狙われる。平和な国家が他国から一方的に侵略されることも珍しくない。避けようのない困難に直面したとき、大切なのは心がまえだ」

「心がまえ――」

「なにごとにも動じない精神力と冷静な判断力、そして解決策を見出す想像力だ。

そうした力を持つためには多くを学び、多くを経験するしかない」

「だったら無難な生きかたはできないですね。わたしみたいに安心と安定ばかり考えてるようじゃ、いろんな経験はできないし——」

「安心と安定ばかり考えるのは、将来が不安だからだ」

「そのとおりです。いつも将来のことが心配で——」

「将来を気に病んで、いまを粗末にするな。人生はいつでも、いまがいちばん若い。いまを充実させられない者は、将来もきっと悩んでいるだろう」

「今回のことで目が覚めました。わたしは将来のことを心配して、葉室くんにも自分の考えを押しつけてしまって——」

そんなことないよ、と浩司はいって、

「おれのことを心配してくれて、うれしい。でも彩ちゃんと九条くんには悪いけど、サイバーテイストの面接は辞退する。自分になにができるか、もっと試したいんだ」

彩芽はうなずいた。わかった、と九条はいって、

「ぜんぜん大丈夫だから、ぼくのことは気にしないで」

「おれのかわりに、こいつはどうかな」

浩司は笑みを浮かべて隣に目をやった。拓海は、ざけんなよッ、と叫んだ。

「おれも多くを学び、多くを経験するんだ。まだ安定するには早い」

「おまえは、もともと安定なんてできねえじゃん」

彩芽と九条が笑い、拓海は苦笑した。桃原るいのコンサートは終わったようで美食フェスの会場は静かになった。あたりはすっかり暗くなり、上野公園のなかは街灯がともっている。スマホの着信音がして柳刃が電話にでた。

「わかった。すぐにいく」

柳刃はそういって電話を切り、タバコを灰皿で揉み消すと立ちあがった。

「屋台の備品は、うちの捜査員が撤去する。あとで事情聴取があるかもしれんが、そのときは協力してくれ」

わかりました、と浩司はいって、

「柳刃さんたちは、これからどこへ――」

「伊佐木がいま本社にもどった。おれたちは逮捕にむかう」

「兄貴とおれが東京地裁に逮捕状をとりにいったとき、おまえから電話があったんだ。知らねえ女におどされて野外ステージに爆弾を仕掛けたってな」

まいったぜ、と火野は笑った。

そんな忙しいときにすみません、と浩司は頭をさげて、

「伊佐木の容疑はなんですか」

「おもな容疑は詐欺だ。伊佐木は過去にも会社を計画倒産させて逮捕されたが、証拠不十分で不起訴になった。ここ数年はイサキフーズの業績が悪化したせいで、取引先に偽の投資話を持ちかけて、巨額の金をだましとっていた」

「伊佐木は美食フェスの出店者にも投資をつのってた」

と火野がいった。

「おれはその裏取りに毎日会場に通ってたんだ。おやっさんにこの屋台を借りたのも、情報収集のためさ」

火野が毎日変装して屋台をでていった理由がようやくわかった。

だが伊佐木を逮捕する予定だったなら、泡乃が起こした事件の情報を伏せて桃原るいのコンサートを開催させたのはなぜなのか。柳刃にそれを訊くと、

「なるべく混乱を避けたかった。稼ぎどきの最終日にコンサートが中止になれば出店者も打撃を受ける。爆弾の件がマスコミに漏れたら、泡乃の身柄を確保したあとでも美食フェスそのものが中止になり、来場者はパニックに陥っただろう」

「それはそれで危険かも」

「美食フェスを中止して来場者や出店者に損害を与えるより、伊佐木に最後まで稼がせて、被害者への賠償金にあてたほうがいいですもんね」

と火野がいった。

ふと、この屋台に拓海がはじめてきたときのことを思いだした。

あのとき拓海が美食フェスの店でバイトしているといったら、火野が店名を訊いた。拓海が店名を口にすると、柳刃は火野を手招きして小声でなにかささやいた。そのあと火野がこっちにきて、

「もうじき兄貴がまかない作るんだ。よかったら、ふたりで食っていけよ」

といったのだ。柳刃は拓海のバイト先がイサキフーズの経営だと知って、情報収集のためにまかないに誘ったのかもしれない。柳刃にそれを訊いたら、さあ、どうだったかな、と首をかしげて、

「じゃあ、おれたちはもういくぞ」

柳刃と火野は屋台をでて、まだ仕事中の酒巻にあいさつして歩きだした。四人であとをついていくと、駐車場に黒塗りのミニバンが停まっていた。メルセデス・ベンツVクラスだ。

火野がその前で足を止め、厚みのある白封筒をこっちに差しだした。

「きょうまでの屋台の売上げだ。おまえのバイト代と拓海の捜査協力費として持っていけ」

「そ、そんなの受けとれません。これだけお世話になってて――」

「おれも捜査に協力なんかしてないです。それどころか、伊佐木におどされて、ひどいことをやったのに」

「おれたちの捜査は極秘だから、伊佐木が風評被害をでっちあげ、異物混入を指示したことは立件できねえ。でも、おまえが伊佐木を呼びだしてくれたから、泡乃が犯人だといち早く特定できた。ちゃんと捜査に協力してるじゃねえか」

「でも――」

「おれたち警察官が、お好み焼の売上げを持って帰るわけにはいかねえんだ。材料費はひいてあるから遠慮すんな」

浩司と拓海は何度も礼をいって封筒を受けとった。

火野が助手席のドアを開け、柳刃はその前に立つと、

「捜査について誰にも口外するな。おれたちのことは忘れるんだ」

捜査のことは黙ってます、と浩司はいって、

「でも柳刃さんたちを忘れるなんて、できません」

「おまえはうちの屋台で酔っぱらったとき、将来に希望を持てないといったな。その原因がなにかわかるか」

「えーと、格差社会とか経済的な不安とか――」

「若者が将来に希望を持てない最大の原因は、こんなふうになりたいと思わせる大人がまわりにいないことだ」

「そっか。たしかにそうです」

柳刃はまっすぐにこっちを見ると、

「浩司、若者に希望を持たせる男になれ」

胸に熱いものがこみあげて涙が頰を伝った。浩司は嗚咽をこらえて、

「また――いつかまた会えますよね」

柳刃は無言だったが、火野が微笑して肩を叩いた。

「おまえも任俠の道を歩けばな」

「弱きを助け、強きをくじく、ですよね」

「柳刃さん、火野さん、ありがとうございました」

彩芽がそういって頭をさげた。

「わたしも柳刃さんたちみたいに強くなれるよう、がんばります」

「ぼくはそんなに強くなれそうもない。でも柳刃さんがいったように、ひとに愛情を求めるんじゃなく、愛情を与えるようになりたいです」

と九条がいった。拓海はなにかいおうとしたが、涙目でしゃくりあげて言葉にならない。柳刃たちの屋台で手伝いをはじめたのは、ほんの五日前だ。それなのに長い年月をいっしょにすごしたような気がする。柳刃が作ってくれたまかないの数々を思いだしたら、また胸が熱くなってきた。

柳刃と火野はベンツに乗りこんだ。柳刃はこっちを見てうなずき、火野は笑顔で手を振った。四人が頭をさげると、ベンツは夜の街へと走りだした。

エピローグ――自分ではなく誰かのために。任侠の男がまたひとり

昼間だというのに隣の部屋から「恋するフォーチュンクッキー」が聞こえてくる。歌っているのはむろんセイウチだが、以前とちがって豚の悲鳴のような裏声ではなく、ふつうの声で声量もひかえめだ。

歌が終わって拍手のかわりに壁をノックすると、むこうもトントンとノックをかえしてきた。泡乃の事件があった数日後、セイウチと廊下でばったり会ったら、

「このあいだ、おれを屋台に呼んだひとは誰？」

おびえた表情で訊いた。

柳刃の素性は明かせないから、お世話になってるひとだと答えると、

「あんな怖いひとと知りあいなんだ。おれ、もうちょっと静かにするから、いままでのことは許してね」

それ以来、セイウチとの関係はすっかり改善した。外見と性格に問題はあるけれど、何日か前に廊下で会ったらいかつさが薄れて、アザラシのような笑顔をむけてきたから悪い奴ではなさそうだ。

浩司は窓を開けると、ちっぽけなベランダにでて洗濯物を干した。秋も深まって高い青空に鰯雲《いわしぐも》が浮き、澄んだ空気が心地いい。

上野公園の駐車場で柳刃たちと別れて、ひと月が経った。

泡乃雄大が起こした事件は、美食フェスが終わった翌日に報道された。浩司や彩芽の氏名は伏せられ、ニュースのあつかいは地味だった。泡乃は監禁と脅迫、威力業務妨害などで起訴された。裁判はまだはじまっていないが、執行猶予のつかない実刑判決がくだされるだろう。ただニュースによれば初犯でじゅうぶん反省しているというから、服役期間はそれほど長くなさそうだ。

伊佐木満作は巨額の詐欺容疑に加えて、従業員に対する脅迫や強要、取引先への恐喝容疑で起訴された。拓海の上司だった店長は、お好み焼の生地に異物を混

入させた件では起訴されなかったが、伊佐木とおなじく従業員に対する脅迫や強要の容疑で逮捕された。伊佐木はほかにも余罪があるようで、厳罰が科される見通しだという。

浩司は洗濯物を干したあと、昼食に玉子かけご飯を作った。

さっき炊いたばかりの飯を丼に盛って新鮮な玉子を割り入れ、青海苔、青ネギ、削り節、天かすをまぶす。柳刃が作ってくれた昼のまかないとほとんどおなじだが、青ネギをたっぷりにして醬油のかわりに麵つゆを使うのが自分流だ。

柳刃に教わったレシピは、ほかにもいくつか再現して「探検！　ハムローちゃんねる」で紹介した。けれども料理系のチャンネルは多いだけに、それほど再生回数は伸びなかった。柳刃の鮮やかな手つきや、あの場の雰囲気を再現できないのが悔しい。料理はレシピだけではなく、作り手のキャラや食べる環境も大事だと気づいた。

いちばん人気があったのは、酒巻がたい焼を焼くところを編集した動画で、もっと見たいというコメントが多かった。十日ほど前、酒巻にたい焼の歴史や伝統的な作りかたなどを取材して第二弾をアップすると、かなり好評だった。ただ隣の屋台は閉めたままで、酒巻によると弟子はまだ復帰していないという。

第三弾では、酒巻にテキヤの歴史やしきたりについて聞いてみたい。きょうはその打ちあわせを兼ねて、夕方からみんなで酒巻の屋台にいく予定だ。

彩芽はバイトをしないで、年明けからはじまる内定者研修にむけて勉強している。彩芽の父親はあいかわらず自分との交際にいい顔をしていないようだが、彼女自身はずいぶん明るくなった。

「いつも将来のこと考えて不安になってたけど、柳刃さんがいったように人生って、いまがいちばん若いんだよね。だったら楽しまなきゃと思って」

彩芽は勉強の合間を縫って部屋へ遊びにくる。セイウチ問題は解決したものの壁が薄いから、いちゃいちゃするのはひかえめだ。

拓海は伊佐木が逮捕された影響もあってか、バイト代は無事支給された。いまはどういうわけか試食販売のバイトをしながら、ひまがあるとユーチューブの編集作業に口をはさむ。

「マジのガチでバズる動画作ろうぜ。なんだったら、おれが料理作ってやんよ」

「なに勝手にからんでんだよ。おまえはユーチューバーじゃねえだろ」

「そうだけど、おまえの役にたちてえんだよ」

「おれ以外の誰かの役にたってくれ。マジのガチで」

「いや、まずおまえからだ」

拓海は泣き虫のくせにめげない。ときどきおもしろいアイデアをだすから、そのうち実際に手伝ってもらうかもしれない。

九条とはずっと会ってないが、ラインはしょっちゅう流れてくる。かわいいグッズを見つけたとか、どこそこのスイーツが美味しいとか女子っぽい内容だからコメントのしようがなく、既読スルーしている。ただ次にやりたいバイトが見つからなくて悩んでいるらしい。


その日の夕方、約束の時間に上野駅へいった。

酒巻の屋台に集合してもよかったが、あの老人をびっくりさせたいのと土産を買いたいのとで上野駅で待ちあわせた。駅近くの酒屋にいくと、四人で金をだしあって純米吟醸の日本酒を買い、上野公園へむかった。

今週はイベントがないらしく、美食フェスの会場だったあたりはカップルや家族連れがいるだけで、がらんとしている。ひと月前、この場所で緊迫したドラマがあったのは誰も知らない。

四人は上野公園に着くと酒巻の屋台にいった。酒巻はきょうもねじり鉢巻で艶のいいハゲ頭を振りながら、たい焼を焼いている。隣の屋台はいまだに営業しておらず、屋根の上からブルーシートですっぽり覆われている。前と変わらないのは、夜にまかないを食べたテーブルと丸椅子だけだ。

屋台の前でスーツを着た男と、細身のドレスを着た金髪の女がたい焼を食べている。男は二十代後半くらい、女は二十代なかばに見えるが、男は地味でまじめそうな雰囲気なのに女がやけに派手なのが気になった。

すこしして着信音が鳴り、女がショルダーバッグからスマホをだした。

「はい、ただちに急行します」

女は見かけによらず硬い口調で電話を切ると、

「タロッチ、捜査対象者《マルタイ》が現場に着いた」

「わかった。じゃあ、いこう」

ふたりはたい焼を頬張りながら走り去った。彩芽が首をかしげて、

「変なカップル。ふたりでなにしてるんだろ」

「さあ、タロッチとかマルタイとかイミフだよね」

酒巻の屋台は、まだ客がならんでいる。

四人は客が途切れるのを待ってから屋台に駆け寄って、

「たい焼四つ、お願いしますッ」

異口同音に叫んだ。

酒巻は目を丸くすると破顔一笑して、おやおやおや、といった。

「きょうはおそろいでどうしたィ」

「酒巻さんのお顔を見にきたんです。それと取材の打ちあわせも」

「そうかい。きょうはひまだから、あっしもそろそろひきあげようと思ってたところよ。きょうは、これを焼いたら店じまいだ」

酒巻は本日売切れの札を店頭に立てた。

四人は焼きあがったたい焼をいつものテーブルで食べた。屋台の手伝いをしていたころは悩みが多かったが、いまは気分が落ちついているだけにたい焼は以前にも増して旨かった。

まもなく酒巻もテーブルにきて丸椅子に腰をおろした。

「これ、みんなで買ったお土産です。奥さんと晩酌で呑んでください」

浩司が日本酒をさしだすと、酒巻はそれを受けとって、

「気ィ遣ってもらって悪いね。実は、あっしもみんなにお土産を預かってんだ」

「預かってるって誰からですか」

「そいつァロ止めされてるけど、そこの屋台のシートをどけてみな」

浩司は首をかしげつつ腰をあげると、拓海と九条に手伝ってもらってブルーシートをはずした。とたんに目を見張った。

そこにあったのは真新しい屋台だった。外壁が木製のプレハブで、しっかりした屋根と接客用の窓があり、カウンターとドアに換気扇までついている。

「こ、これはいったい――」

「いいから、なかに入ってみな」

ドアを開けて屋台に入ってみると、窓の手前にぴかぴかの鉄板があり、シンクや冷蔵庫や電子レンジといった備品がそろっている。四人は言葉もなく、それらをぽかんと眺めてからテーブルにもどった。酒巻はにやにやして、

「どうだィ。なかなかのもんだろう」

「はあ――で、この屋台をどうするんですか」

「どうするもこうするもねえ。おまえさんたちで好きに使えってことよ」

「え？　マジですか」

「その屋台をこしらえたのが誰かはいえねえけどな」

「誰かはいえねえって、そんなのばればれじゃないですか。それに、ここはお弟子さんの屋台なんじゃ――」

「弟子は体調を崩して休んでるっていったけど、ほんとは引退したんだ。弟子が辞めたあと屋台をどうするか考えてたときに、浅草の渋川親分を通じて柳刃さんに貸してほしいって話があったのよ」

「そうだったんですね。でも、おれたちが使わせてもらうには贅沢すぎます」

「屋台を空いたままにしとくと、また伊佐木みてえな奴から狙われる。おまえさんたちに使ってもらったほうが安心だ。まあテキヤの真似事なんかやりたくねえっていうんなら、無理強いはしねえが」

「いえ、とんでもないです。おれたちでよかったら、ぜひやってみたいですけど、酒巻さんが新しい屋台を使われたほうが――」

「あっしの屋台は古い伝統が売りだから、いまのままがいいのさ。もっとも、お嬢さんは勤め先が決まってるっていうから、屋台を好きに使えっていっても役にたたねえだろうが――」

そんなことないです、と彩芽はかぶりを振って、

「葉室くんががんばれる場所ができたら、めちゃくちゃうれしいですもん」

拓海に意見を訊こうと思って目をやったら、

「じゃあ酒巻さん――いえ、おやっさん、喜んで屋台を使わせてもらいます」

「おまえがいうなよ。つーか、どんなものを作るかもわかんねえだろ」

「いっしょに考えりゃいいじゃん。で、九条くんもやるだろ」

九条は目をしばたたいて、

「やってみたいけど、ぼくにできるかな」

「ぜんぜん大丈夫。九条くんがいるだけで女の子くるから。看板娘じゃなくて看板男子になってよ」

「九条くんにはもちろん参加してもらいたいけど、おまえが勝手に進めるなよ」

「そうだ。屋台系ユーチューバーってのはどうよ。いままでにねえパターンだから、ぜってー人気でるぞ」

拓海のテンションの高さに思わず笑ったが、柳刃と火野の心遣いが胸に沁みた。あのふたりと酒巻は自分を犠牲にしてでも、誰かの役にたとうとしている。

「自分のことばかり考えてるせいで、見た目が悪いからだめだ、金がねえからだめだ、歳とったからだめだって落ちこんじまう。けどよ、ひとさまのお役にたつのが幸せだって思えるなら、人生に手遅れはねえ。いつだって、でなおせる」

酒巻は泡乃にむかってそういった。

親ガチャではずれをひいたとか、みんなに認めてもらえないとか、そんなことで悩んでいたのは、すべて自分のエゴが原因だったのだ。この屋台でなにをやるにせよ儲けにこだわらず、みんなに喜ばれる料理を作りたい。

そしていつか、柳刃と火野にそれを食べにきてほしい。その日がくるまで、なにがあっても屋台を続けよう。若者に希望を持たせる男になるために。

胸の中でそんな決意を固めていたら、ところでよ、と酒巻がいって、

「次の撮影ンときは、なにを話せばいいんだィ」

「テキヤの歴史やしきたりについて、うかがいたいです。このあいだ酒巻さんがいってた『男はつらいよ』って映画を観たんですけど、主人公の寅さんの台詞がかっこいいですよね。ああいうのも教えてもらえたら——」

もう陽は傾いて、鮮やかな夕焼けがあたりを照らしている。

じゃあ何十年ぶりかで仁義を切るか、と酒巻はいって、

「テキヤはヤクザじゃねえが、全国を渡り歩くから、その土地の親分にアイツキっていって仁義を切らなきゃなんねえ」

「どんなふうにやるんですか」

酒巻は立ちあがって中腰になると、きっと正面に目を据えた。続いて左手を膝に置き、右手の掌を前にさしだして、

「さっそくのお控え、ありがとうございんす。わたくしがこれからあげます仁義、前後まちがいましたら、ご免なお許しをこうむります。手前、生国《しょうごく》と発しますは東京上野にてござんす。駆けだしの身ィもちまして、姓名の儀、いちいち高声《こうせい》に発します失礼さんです。義理と人情のためならば、いつでも死にます男一匹、姓は酒巻、名は庄之助――」

酒巻の流れるような渋い声が、茜色に染まった空に響きわたった。

参考文献
『たい焼の魚拓：絶滅寸前『天然物』たい焼37種』 宮嶋康彦 著 JTB
『香具師奥義書』 和田信義 著 文藝市場社

この作品は文春文庫のために書き下ろされたものです。

ＤＴＰ制作　エヴリ・シンク

文春文庫

侠《おとこ》飯《めし》 8
やみつき人《にん》情屋《じょうや》台篇《たいへん》

定価はカバーに表示してあります

2022年8月10日 第1刷

著者 福澤《ふくざわ》徹三《てつぞう》
発行者 花田朋子
発行所 株式会社 文藝春秋

東京都千代田区紀尾井町 3-23 〒102-8008
TEL 03・3265・1211㈹
文藝春秋ホームページ http://www.bunshun.co.jp
落丁、乱丁本は、お手数ですが小社製作部宛お送り下さい。送料小社負担でお取替致します。

印刷製本・大日本印刷
Printed in Japan
ISBN978-4-16-791919-1